그러니 그대 사라지지 말아라

그러니 그대 사라지지 말아라

박
노
해
시
집

느린걸음

길이 끝나면

길이 끝나면 거기
새로운 길이 열린다

한쪽 문이 닫히면 거기
다른 쪽 문이 열린다*

겨울이 깊으면 거기
새 봄이 걸어나온다

내가 무너지면 거기
더 큰 내가 일어선다

최선의 끝이 참된 시작이다
정직한 절망이 희망의 시작이다

넌 나처럼 살지 마라

아버지,
술 한 잔 걸치신 날이면
넌 나처럼 살지 마라

어머니,
파스 냄새 물씬한 귀갓길에
넌 나처럼 살지 마라

이 악물고 공부해라
좋은 사무실 취직해라
악착같이 돈 벌어라

악하지도 못한 당신께서
악도 남지 않은 휘청이는 몸으로
넌 나처럼 살지 마라 울먹이는 밤

내 가슴에 슬픔의 칼이 돋아날 때
나도 이렇게는 살고 싶지 않아요
스무 살이 되어서도
내가 뭘 하고 싶은지도 모르겠고
꿈을 찾는 게 꿈이어서 억울하고

어머니, 당신의 소망은 이미 죽었어요
아버지, 이젠 대학 나와도 내 손으로
당신이 꿈꾸는 밥을 벌 수도 없어요

넌 나처럼 살지 마라, 그래요,
난 절대로 당신처럼 살지는 않을 거예요
자식이 부모조차 존경할 수 없는 세상을
제 새끼에게 나처럼 살지 말라고 말하는 세상을
난 결코 살아남지 않을 거예요

아버지, 당신은 나의 하늘이었어요
당신이 하루아침에 벼랑 끝에서 떠밀려
어린 내 가슴 바닥에 떨어지던 날
어머니, 내가 딛고 선 발밑도 무너져 버렸어요
그날, 내 가슴엔 영원히 사라지지 않는 공포가
영원히 지워지지 않을 상처가 새겨지고 말았어요

세상은 그 누구도 믿을 수 없고
그 어디에도 기댈 곳도 없고
돈 없으면 죽는구나
그날 이후 삶이 두려워졌어요

넌 나처럼 살지 마라
알아요, 난 죽어도 당신처럼 살지는 않을 거예요
제 자식 앞에 스스로 자신을 죽이고
정직하게 땀 흘려온 삶을 내팽개쳐야 하는
이런 세상을 살지 않을 거예요
나는 차라리 죽어 버리거나 죽여 버리겠어요
돈에 미친 세상을, 돈이면 다인 세상을

아버지, 어머니,
돈이 없어도 당신은 여전히 나의 하늘입니다
당신이 잘못 산 게 아니잖아요
못 배웠어도, 힘이 없어도,
당신은 영원히 나의 하늘입니다

어머니, 아버지,
다시 한번 예전처럼 말해주세요
나는 없이 살아도 그렇게 살지 않았다고
나는 대학 안 나와도 그런 짓 하지 않았다고
어떤 경우에도 아닌 건 아니다
가슴 펴고 살아가라고

다시 한번 예전처럼 말해주세요

누가 뭐라 해도 너답게 살아가라고

너를 망치는 것들과 당당하게 싸워가라고

너는 엄마처럼 아빠처럼 부끄럽지 않게 살으라고

다시 한번 하늘처럼 말해주세요

한계선

옳은 일을 하다가 한계에 부딪혀
더는 나아갈 수 없다 돌아서고 싶을 때
고개 들어 살아갈 날들을 생각하라

여기서 돌아서면
앞으로 어려운 일이 생길 때마다
너는 도망치게 되리라

여기까지가 내 한계라고
스스로 그어버린 그 한계선이
평생 너의 한계가 되고 말리라

옳은 일을 하다가 한계에 부딪혀
그만 금을 긋고 돌아서고 싶을 때
묵묵히 황무지를 갈아가는 일소처럼

꾸역꾸역 너의 지경地境을 넓혀가라

꽃씨가 난다

가을바람이 부는 날은
고요히, 고요히,
그가 세상을 떠난다

지금 마악 꽃씨가 난다

한 줌의 영토에 뿌리를 두고
거대한 폭풍우에 흔들리면서
최선을 다해 피어난 작은 꽃

흐린 세상에 맑은 숨결 보내준 풀꽃들이
한 생의 몸을 말려 검은 씨앗에 담고서
흰 날개를 펴고 다음 생을 향해 떠난다

가을바람이 부는 날은
고요히, 고요히,
지금 마악 꽃씨가 난다

긴 호흡

직선으로 달려가지 말아라
극단으로 달려가지 말아라
사람의 길은 좌우로 굽이치며 흘러간다

지금 흐름이 오른쪽으로 방향을 바꾼 때
머지않아 맞은편으로 흐름이 바뀌리라
너무 불안하지도 말고 강퍅하지도 마라

오른쪽이건 왼쪽이건 방향을 바꿀 때
그 포용의 각도가 넓어야 하리니
힘찬 강물이 굽이쳐 방향을 바꿀 때는
강폭도 모래사장도 넓은 품이 되느니

시대 흐름이 격변할 때
그대 마음의 완장을 차지 마라
더 유장하고 깊어진 품으로
새 흐름을 품고 앞으로 나아가라

삶도 역사도 긴 호흡이다

허 리

허리가 잘록한 것이야
젊은 여인에게나 아름답지만

허리가 잘록해지는 건
사회에서는 끔찍한 일이다

중산층이 무너지고
중소기업이 쓰러지고
중소도시가 쇠락하고

허리가 두 동강 난 나라에
사회도 양극화란 말인가

일자리 잃은 친구들과 소주를 마시다
오늘은 허리 잘록한 젊은 여자 모델도 싫어
막걸리를 시키니 표주박도 허리가 잘록해

허리가 잘록한 것이야
젊은 여인에게나 아름답지만

사회의 허리는 달처럼 둥그스름한

백자 달항아리를 닮아야 아름다워

꼬막

벌교 중학교 동창생 광석이가
꼬막 한 말을 부쳐왔다

꼬막을 삶는 일은 엄숙한 일
이 섬세한 남도南道의 살림 성사聖事는
타지 처자에게 맡겨서는 안 된다

모처럼 팔을 걷고 옛 기억을 살리며
싸목싸목 참꼬막을 삶는다

둥근 상에 수북이 삶은 꼬막을 두고
어여 모여 꼬막을 까먹는다

이 또롱또롱하고 짭조름하고 졸깃거리는 맛
나가 한겨울에 이걸 못 묵으면 몸살헌다

친구야 고맙다
나는 겨울이면 니가 젤 좋아부러
감사전화를 했더니
찬바람 부는 갯벌 바닷가에서
광석이 목소리가 긴 뻘 그림자다

우리 벌교 꼬막도 예전 같지 않다야
수확량이 솔찬히 줄어부렀어야
아니 아니 갯벌이 오염돼서만이 아니고
긍께 그 머시냐 태풍 때문이 아니것냐
요 몇 년 동안 우리 여자만에 말이시
태풍이 안 오셨다는 거 아니여

큰 태풍이 읍써서 바다와 갯벌이
한번 시원히 뒤집히지 않응께 말이여
꼬막들이 영 시원찮다야

근디 자넨 좀 어쩌께 지냉가
자네가 감옥 안 가고 몸 성한께 좋긴 하네만
이놈의 시대가 말이여, 너무 오래 태풍이 읍써어
정권 왔다니 갔다니 깔짝대는 거 말고 말여
썩은 것들 한번 깨끗이 갈아엎는 태풍이 읍써어

어이 친구, 자네 죽었능가 살았능가

너의 눈빛이 변했다

너의 눈빛이 변했다

지난날 너의 불빛은 어두웠으나
앞이 안 보이는 가난의 거리도 어두웠으나
네 상처 난 마음에는 붉은 꽃이 빛났고
네 젖은 눈동자에는 새벽 별이 빛났다

너의 눈빛이 변했다

지금 네 눈동자는 불타고 있다
주식 시세와 아파트 시세를 따라 오르내리는 네 눈빛
타인의 시선과 TV 드라마를 따라 늘어져 가는 네 눈빛

네 빛나던 눈동자엔 지금 빛이 없다

맑은 빛을 키우던 네 어둠은 어디로 갔느냐
청보리 싹으로 빛나던 네 겨울은 어디로 갔느냐
떨리는 손을 맞잡던 네 슬픔은 어디로 갔느냐

너의 눈빛이 변했다

시대 고독

한 시대의 악이
한 인물에 집중되어 있던 시절의 저항은
얼마나 괴롭고 행복한 시대였던가

한 시대의 악이
한 계급에 집약되어 있던 시절의 투쟁은
얼마나 힘겹고 다행인 시대였던가

고통의 뿌리가 환히 보여
선과 악이 자명하던 시절의 자기결단은
얼마나 슬프고 충만한 시대였던가

세계의 악이 공기처럼 떠다니는 시대
선악의 경계가 증발되어버린 시대
더 나쁜 악과 덜 나쁜 악이 경쟁하는 시대
합법화된 민주화 시대의 저항은 얼마나 무기력한가

구조화된 삶의 고통이 전 지구에 걸쳐
정교한 시스템으로 일상에 연결되어 작동되는
이 '풍요로운 가난'의 시대에는
나 하나 지키는 것조차 얼마나 지난한 싸움인가

옳음도 거짓도 다수결로 작동되는 시대
진리는 누구의 말에서나 반짝이지만
그것을 살고 실천할 주체가 증발되어버린 시대
혁명의 전위마저 씨가 말라가는
이 고독한 저항의 시대는

새

접견을 마치고 돌아와
철커덩, 문 닫힌 독방 찬 벽에
머리를 기대고 우두커니
창살 너머 손바닥만 한
푸른 하늘을 바라본다

그리워 그리워
새처럼 날고픈
자유가 그리워

누군가 식구통으로 뭔가를 들이민다
천천히 고개 돌려 수건을 펼쳐본다
어린 새 한 마리
외로운 독방에서 벗하라고
창가에 날아온 새를 잡아서
날개 깃을 잘라 보낸
혼거방 수인들의 마음씨

어린 새는 미약하게 울고 있다
날 수 없는 짧은 날갯짓으로
작은 병아리처럼 울고 있다

어린 새와 나는 독방에 갇혀
함께 물을 먹고 함께 밥을 먹고
함께 잠을 자고 책을 읽으며
그는 잘린 날개를 키우고
나는 생각의 날개를 키웠다

행복했다
관 속 같은 독방에서
째째거리며
날 반기는 생명이 있다는 것

시월이 되자 어린 새가 파르르 난다
무릎에서 머리까지
식구통에서 빵끼통까지
비좁은 독방을 더 좁게 날며 운다

깃털을 잘라야 해요
날아가고 말 거예요

널 잃고 싶지 않다는 마음과
널 보내야 한다는 생각이

새벽 여명이 밝아 올 때까지
격렬한 아픔으로 부딪친다

창살에 아침 해가 비친다
여느 아침처럼 물을 함께 마시고
밥을 함께 먹고 나는 너를
가라, 창살 밖으로 날려 보낸다

어린 새는 처음으로 하늘을 날다 돌아와
몇 번이고 서툰 날갯짓으로 다시 돌아와
내 여윈 어깨 위에 내려앉는다
뭉클한 것이 솟구친다

날아라 너의 하늘을
저 푸른 자유의 하늘을
너를 가두는 순간 나는 스스로
감옥 속에 영원히 갇히는 것

내게 길들여진 너는
푸른 하늘을 날지 못하는 너는
자유의 노래를 부르지 못하는 너는

더이상 나의 새가 될 수 없으니

가라, 너의 거친 길로
야생의 날갯짓이 나와 함께 사는 것이니

어린 새는 몇 번이고 돌아와
날개 잘린 내 어깨 위에서 울부짖다
마침내 육중한 옥담을 넘어 날아간다
내 안의 팽팽한 줄이 끊어진 듯
나는 그만 스르르 찬 바닥에 무너진다

날아라
날아라
새여

날자 날아서
우리 다시 만나자
새여

마루완의 꿈

바그다드 가는 사막 고속도로 옆
무함마디아 마을 텅 빈 주유소에서
정말 잘생긴 14살 소년을 만났다

사막에서 홀로 축구공을 갖고 놀다가
석양을 등지고 기도하는 마루완의 옆 얼굴은
붉은 사막이 다 쓸쓸해 보이도록 아름다웠다

코리아에 태어났으면 안정환을 꿈꾸거나
GOD를 꿈꾸거나 여학생깨나 울릴 녀석
마루완은 전쟁고아였다

기름 많은 이라크에 기름도 없는 주유소에서
잡일이나 거들다가 일주일에 한 번 정도
가난한 마을 어른들이 모아주는 푼돈으로
빵을 사고 몰래 담배도 사 피운다

빌빌거리지 말고 차라리 바그다드에 가서
총 들고 사담 궁전이나 약탈하라고
어른들은 안쓰러운 홧김에 호통이지만
마루완은 씨익, 그 잘생긴 미소로 받아넘긴다

초승달이 이마에 뜬 사막에 앉아서
마루완 너의 꿈이 뭐냐고 물었다
자동차 운전기사가 되어 돈을 벌고 싶단다
그 다음 꿈이 뭐냐고 물었다
요르단에 나가서 사진관을 내고 싶단다
마루완은 말없이 고개를 떨구었다

두 눈에서 방울방울 별들이 떨어졌다
마루완은 젖은 목소리로 학교에 가고 싶다고
영어도 배우고 싶고 컴퓨터도 배우고 싶다고
정말 이렇게 사는 건 너무 끔찍하다고
전쟁 다음 또 전쟁인데 언제쯤 끝나겠냐고
내가 어른 되기 전에 정말 학교 갈 수 있겠냐고
테러리스트 같은 눈동자로 물어오는 것이었다

아니다

억압받지 않으면 진리가 아니다

상처받지 않으면 사랑이 아니다

저항하지 않으면 젊음이 아니다

고독하지 않으면 혁명이 아니다

경주마

너는 초원을 달리는 야생마
어느 날부터 경주마로 길러지고
너는 지금 트랙을 달리고 있다

경주마가 할 일은
좋은 사료를 먹고 좋은 기수를 만나
레이스에 앞서는 게 아니다

경주마가 할 일은
자신이 달리고 있는 곳이 결국
트랙임을 알아차리는 것이다

그리고
트랙을 빠져나와
저 푸른 초원으로 걸어가는 것이다

자기 삶의 연구자

우리 모두는
자기 삶의 연구자가 되어야 한다네

내가 나 자신을 연구하지 않으면
다른 자들이 나를 연구한다네
시장의 전문가와 지식장사꾼들이
나를 소비자로 시청자로 유권자로
내 꿈과 심리까지 연구해 써먹는다네

우리 모두는
자기 삶의 연구자가 되어야 한다네

내 모든 행위가 CCTV에 찍히고
전자결제와 통신기록으로 체크되듯
내 가슴과 뇌에는 나를 연구하는
저들의 첨단 생체인식 센서가 박혀있어
내가 삶에서 한눈팔고 따라가는 순간
삶은 창백하게 빠져나가고 만다네

우리 모두는
자기 삶의 최고 기술자가 되어야 한다네

최고의 삶의 기술은 언제나
나쁜 것에서 좋은 것을 만들어내는 것*
복잡한 일을 단순하게 만들어내는 것

삶은 다른 그 무엇도 아니라네
삶의 목적은 오직 삶 그 자체라네
지금 바로 행복하기 위해서가 아니라면
우리가 이토록 고통받을 이유가 없다네*

우리 모두는
자기 삶의 최고 연구자가 되어야 한다네

아이 앞에 서면

아이 앞에 서면
막막한 사막입니다

할머니 할아버지, 당신은 제게
그토록 많은 이야기를 들려주셨는데
전 아이에게 들려줄 이야기가 없네요

대숲을 흔드는 바람이 불고
은하수가 흐르는 밤이 오면
오래된 꿈과 전설과 사람의 도리와
유장한 강물 같은 이야기가
제 안으로 시리게 흘러들어
때로 내 작은 가슴이 눈물로 범람하고
거기 비옥한 토양이 첩첩으로 축적되어
오늘의 내가 되어 아이 앞에 섰지만

저는 내 아이의 가슴을 넘치게 할
살아 있는 강물 같은 이야기가 없고
들려줄 삶다운 삶의 이야기가 없어
가슴 속의 옥토 하나 만들어 주지 못하네요
저는 내 아이 가슴을 TV와 학교와

과외와 인터넷에 떠맡긴 채

하루하루 사막으로 만들어가고 있네요

해 뜨는 집

에티오피아의 모든 아침은 집집마다
향기 그윽한 '분나 세레모니'로 시작된다

아들아 일어나렴, 춥고 긴 밤이 지났다
눈이 가문 할머니를 울타리 밖 화장실로 안내하렴
딸아 한 줌의 물로 네 얼굴과 흰 이를 빛내렴
잠에서 깨어 우는 아이는 꼬옥 안아주고
담요 곁의 어린 양도 밤새 추웠으니 쓰다듬어 주렴
병아리들에게는 밀 이삭을 주고
당나귀에게는 마른 풀을 주렴
둘째는 모래바람이 놀다간 흙마당을 쓸고
동생들의 단추를 가지런히 채워주렴
저 멀리 시미엔 산맥 위로 여명이 밝아오고
잠시 후 나일 강에 아침 해가 떠오를 것이다

이제 되었다
우리 모두 불이 있는 흙바닥 거실로 모이자
어제 셋째와 넷째는 하루종일 맨발로 산비탈을 걸어
이 귀한 나뭇단을 이고 왔단다
불을 지폈으니 우리 둥그렇게 몸을 쪼이자
할머니가 볶은 보리를 한 줌씩 나눠주시는구나

자 지금부터 분나 세레모니가 시작된다
큰딸아 너는 엄마 손을 잘 보아두거라

먼저 불 위에 둥근 쇠판을 얹어 달구어야지
그 위에 맑게 씻은 연노랑 분나 콩을 한 줌 얹고서
섬세한 손길로 고루 저어 볶아야 한다
콩 빛이 초콜릿 빛 네 피부처럼 고와질 때쯤
지금이다
오래된 나무절구에 볶은 콩을 넣고 빻아야지
부드러운 리듬으로 네 심장의 리듬으로
오 이 순간 살며시 눈을 감아라
쌉싸름하고 신비로운 분나 향이 피어오르잖니

이제 주전자에 분나 가루를 넣고 끓일 때다
너무 끓어 넘치지도 않게
너무 불어 진하지도 않게
분나 향이 그윽할 때를 조율해야 한단다

여기 자그맣고 하얀 아홉 개의 잔이 준비되었다
하나의 빈 잔은 어디론지 모르게 집 나가서
여태 소식도 없는 무정한 아빠의 잔이란다

자 따끈한 분나를 한 모금 마셔라
대지에 아침 해가 떠오르면 또 하루가 탄생하듯

분나가 네 몸에 흘러 들어가면
새로운 날의 네가 깨어난단다

첫 번째 잔을 마시자
첫 번째 잔은 우애의 잔이다
빨리 가려면 혼자 가라
멀리 가려면 함께 가라

두 번째 분나가 끓는구나
두 번째 잔은 평화의 잔이다
부귀를 탐하려면 친구를 이겨라
평화를 구하려면 친구를 도와라

마지막 잔이 끓는구나
세 번째 잔은 축복의 잔이다
승리를 바라거든 주먹을 쥐어라
축복을 바라거든 손을 맞잡아라

마지막 잔을 들었으니 서로 포옹을 하고
우리 각자의 일터로 나가자
첫째는 어린 양이 벼랑에 떨어지지 않게 돌보거라

둘째는 먼 우물터에서 물을 길어와
항아리에 채우고 빨래를 하거라
셋째는 테프를 말리고 남은 사탕수수를 거두어라
넷째는 오늘 할머니를 모시고 동생들을 돌보거라

맨발의 아이들이 맘 아픈 스물세 살 어머니는
재를 다독여 불씨를 간직하고 잔을 씻어 정리한 뒤
당나귀 등에 테프 한 말을 싣고 50리 장터를 향해
해 뜨는 시미엔 산맥을 넘어 아침 길을 나선다

분나 세레모니 커피 의례. 인류 최초로 커피가 발견되고 세계로 전해진
에티오피아의 모든 가정에서는 분나 세레모니로 아침을 연다.

그 작은 날개로

그가 지금 죽으러 가는 길이다
정든 동료들과의 이별이 괴로운 듯
천천히 지붕 위를 세 바퀴쯤 돈 다음
단호한 날갯짓으로 어디론가 날아간다

그는 자기 몸에 병이 들었다는 걸 안다
식구들에게 자기 병이 옮아 퍼질까 봐
떨어지지 않는 발걸음으로 자꾸만 돌아보며
홀로 정든 집을 떠나가고 있다

뒤늦게 동료 벌 두 마리가 그를 부축하듯
안타까이 곁에서 날아주고 있다
그는 가라, 어서 가 살으라,
여윈 미소로 손짓하며 돌려보내고
홀로 비틀거리며 허공 길을 걸어간다

아 그는 일생동안 저 작은 날개로
얼마나 먼 거리를 날아다녔던가
저 가는 손발로 얼마나 많은 꽃가루를 이어주고
얼마나 많은 열매들을 맺게 해주었던가
저 가벼운 몸으로 얼마나 많은 꿀을 담아

쓰디쓴 인류를 달콤하게 해주었던가

그는 찔레꽃 한 송이를 찾아 좌정한다
노란 꽃술을 움켜쥔 그의 손발이 멈춰지고
그의 가느란 날개마저 잠잠해졌다

그는 살아서나 죽어서나
세상에 단 한 점의 해악도 남기지 않고
비바람과 천둥 속을 오가며
말없이 자기의 사명을 다 해내고
한 점 꽃 속에서 고요히 사라져간다

씨앗이 팔아넘겨져서는 안 된다

씨앗으로 쓰려는 것은
그 해의 결실 가운데
가장 훌륭한 것만을 골라낸다

씨앗이 할 일은 단 두 가지다

자신을 팔아넘기지 않고 지켜내는 것
자신의 자리에 파묻혀 썩어내리는 것

희망 또한 마찬가지다

헛된 희망에 자신을 팔아넘기지 않는 것
정직한 절망으로 대지에 뿌리를 내리는 것

탈주와 저항

일상은 거대한 중력만 같아
먹고 사는 건 끈질긴 굴레만 같아
삶은 어디로 탈주했을까

생활 바깥에 뭔가 내가 살아야 할
바람과 햇살과 떠돌이 별과
거기 내가 만나야만 할 누군가
울며 기다리고 있는 것만 같은
밤이 걸어올 때

하루하루 내 존재감이 사라져가고
달릴수록 내 영혼이 증발되어가고
탈출 같은 여행도 발작 같은 비판도
솟구친 만큼 딱딱한 시멘트 바닥에 떨어지고
일상의 속도와 불안과 두려움이
영혼을 잠식해 들어오는 아침이 등을 떠밀 때

이 시대 최후의 식민지는 일상인가

내가 살아야 할 삶은 어디에 있을까
미아처럼 어느 골목 끝에서 울고 있을까

검은 숲에서 반인반수로 떠돌고 있을까

끈질긴 생활의 힘으로
강력한 일상의 힘으로
나에게는 생존의 굴레를 뚫고 삶으로 진입할
치열한 탈주와 저항이 필요하다

끝내 별똥별처럼 추락할지라도
대기권을 뚫고서 별과 입맞춤한 죄로
지구에 떨어져 얼음 속의 꽃씨가 될지라도
나와 같은 한 걸음의 또 다른 내가 필요하다

지금 나에겐 축적이 아닌 혁명이 필요하다

아이폰의 뒷면

스티브 잡스가 재림했다
아이팟을 넘어 아이폰을 들고 아이패드를 끼고

서울역에서 막차를 타고 집으로 가는 길에
옆자리 그녀가 아이폰 삼매경에 빠져 있다

저기요, 한번 만져봐도 되나요
스으슥 손가락 하나로 세계의 속옷이 벗겨지고
나는 지금 광대한 지구의 달리는 한 점에 앉아
국경 너머 누구와도 한순간에 접속되어
우린 팔로우 팔로우 빛의 파랑새로 지저귀고
내 작은 손바닥 안에 거대한 지구마을이 들어선다

고마워요, 그녀에게 아이폰을 넘겨주다
반짝, 아이폰의 뒷면을 보고 말았다
정교한 주물과 밀링과 선반 쇠 깎기와
절묘한 합금과 광택과 사출 공정을 거친
거울처럼 매끄러운 아이폰의 뒷면

나는 눈을 감고 스으슥
아이폰 모니터를 벗기고 들어간다

공돌이로 살아온 내 기억의 속살을
아이폰을 생산하는 수많은 하청 노동 현장을

열다섯도 안된 중국의 소년 소녀들이
침침한 컨베이어 벨트 앞에 못 박혀
하루 15시간씩 고개 숙여 일하고 있다
월급은 고작 50달러

아이폰 속의 반도체와 하드웨어와 모니터를 만드는
가난한 나라 가난한 공돌이 공순이들
필수 보호장비조차 제공받지 못한 채
첨단의 '보이지 않는 살인자'인 전자파와
유독한 화학물질과 방사선을 다루며
헥산 중독과 백혈병과 암에 걸려
스마트하게 버려지는 젖은 눈동자들

스윽슥 몸을 벗기고 젊음을 벗기고
세포막을 벗기고 꿈을 벗기고
마침내 무엇에 접속되고 무엇에 다운되는 걸까

심플하게 디자인된 접속 혁명

첨단으로 편리해진 소통의 네트워크
청정 IT 산업 아이폰의 뒷면
글로벌 팔로우 서비스의 뒷면

우리 시대의 영웅이자 구루인
스티브 잡스의 아이폰의 뒷면에서
보이지 않는 살인자들의 세계화를 본다

조금씩 조금씩 꾸준히

사람들은 하루아침에 꽃이 피었다고 말하지만
어느 날 갑자기 떠오른 별이라고 말하지만

사람들은 하루아침에 그가 변했다고 말하지만
어느 날 갑자기 그가 무너졌다고 말하지만

꽃도 별도 사람도 세력도
하루아침에 떠오르고 한꺼번에 무너지지 않는다

조금씩 조금씩 꾸준히 나빠지고
조금씩 조금씩 꾸준히 좋아질 뿐

사람은 하루아침에 변하지 않는다
세상도 하루아침에 좋아지지 않는다

모든 것은 조금씩 조금씩 변함없이 변해간다

몸속에 남은 총알

동강 초등학교 후문 옆 전파상 김점두 아저씨
검정 물들인 야전 점퍼에 끈 없는 낡은 군화를 신고
어둑한 책상에 앉아 라디오를 고치던 말없는 아저씨
그 책상 옆 나무의자에 나 오래 앉아 있곤 했었지
신기한 기술 때문도 낡은 시집 때문만도 아니었지

어린 내가 그에게 홀딱 반한 것은
지리산에선가 맞았다는 총알이
그의 몸속에 아직 박혀 있다는 소문 때문이었지
동작을 바꿀 때면 한 손으로 가슴께를 지그시 누르며
슬쩍 찡그리는 미간의 그 표정 때문이었지

그는 늘 홀로였고 아내도 자식도 친구도 없었지
유리창 밖에서 보면 그는 라디오를 고치거나
책을 읽고 있다가 싱긋 고개를 끄덕하곤 했었지
그 책상 옆 의자에 앉아 있다 돌아온 날이면
꿈속에서 내 가슴에 타앙, 총알이 들이박히고
나는 붉은 피를 떨구며 눈보라 치는 설원을 헤매다
어김없이 요 위에 지도를 그리곤 했었지

서울로 올라와 수배자가 되어 쫓기던 어느 날

나는 못 견디게 그리워 고향으로 숨어들었지
달 그림자를 밟으며 찾아가 멀리서 바라볼 때
불 꺼진 그 가게는 분식집으로 변해있고
그는 뒷산 응달진 자리에 잠들어 있었지
묘비도 없는 무덤 그의 가슴께쯤엔
진보랏빛 엉겅퀴 한 송이 피어 있었지

나는 말없는 김점두 아저씨를 말없이 좋아했고
자신의 몸속에 총알이 남아 있는 사람을 좋아했지
전선의 총알이건, 사랑의 총알이건, 시대의 총알이건,
동작을 바꿀 때마다 몸속에서 아파져 오는 총알 하나
자신을 현실에 맞춰 변경시키려 할 때마다
깊은 통증을 전해오는 가슴에 박힌 총알 하나

상처가 희망이다

상처 없는 사랑은 없어라
상처 없는 희망은 없어라

네가 가장 상처받는 지점이
네가 가장 욕망하는 지점이니

그대 눈물로 상처를 돌아보라
아물지 않은 그 상처에
세상의 모든 상처가 비추니

상처가 희망이다

상처받고 있다는 건 네가 살아 있다는 것
상처받고 있다는 건 네가 사랑한다는 것

순결한 영혼의 상처를 지닌 자여
상처 난 빛의 가슴을 가진 자여

이 아픔이 나 하나의 상처가 아니라면
이 슬픔이 나 하나의 좌절이 아니라면
그대, 상처가 희망이다

한 옥타브 위의 사고를

해발 4천 미터 시미엔 산맥 길에
맨발의 아이들이 노래를 부르며 걸어간다
나는 맨몸으로도 숨이 차 느린 걸음인데
제 몸무게보다 더 무거운 나뭇단을 지고
희박한 공기 속을 나일 강의 물소리처럼
청아하고 높은 목소리로 노래를 부르며 걸어간다

희박한 공기를 뚫고 오르는 자는
자신을 짓누르는 삶의 무게만큼
한 옥타브 높은 목소리로 노래해야 한다고
모두가 숨 막히는 시대에 희망의 걸음이란
자신을 짓누르는 절망의 무게만큼
한 옥타브 높은 목소리로 노래하고
한 옥타브 위의 사고를 해야 한다고

나는 나를 지나쳐 왔다

인생이 너무 빨리 지나간다
나는 너무 서둘러 여기까지 왔다
여행자가 아닌 심부름꾼처럼

계절 속을 여유로이 걷지도 못하고
의미 있는 순간을 음미하지도 못하고
만남의 진가를 알아채지도 못한 채

나는 왜 이렇게 삶을 서둘러 왔던가
달려가다 스스로 멈춰 서지도 못하고
대지에 나무 한 그루 심지도 못하고
아닌 건 아니라고 말하지도 못하고
주어진 것들을 충분히 누리지도 못했던가

나는 너무 빨리 서둘러 왔다
나는 삶을 지나쳐 왔다
나는 나를 지나쳐 왔다

발바닥 사랑

사랑은 발바닥이다

머리는 너무 빨리 돌아가고
생각은 너무 쉽게 뒤바뀌고
마음은 날씨보다 변덕스럽다

사람은 자신의 발이 그리로 가면
머리도 가슴도 함께 따라가지 않을 수 없으니

발바닥이 가는 대로 생각하게 되고
발바닥이 이어주는 대로 만나게 되고
그 인연에 따라 삶 또한 달라지리니

현장에 딛고 선 나의 발바닥
대지와 입맞춤하는 나의 발바닥
내 두 발에 찍힌 사랑의 입맞춤
그 영혼의 낙인이 바로 나이니

그리하여 우리 최후의 날
하늘은 단 한 가지만을 요구하리니
어디 너의 발바닥 사랑을 좀 보자꾸나

거인의 뱃속에서

너는 삶을 잡아먹는 괴물
살아 있는 인간과 야생의 자연과
아이들의 미래를 잡아먹는 괴물
나는 거인의 뱃속으로 뛰어들어
세계의 어둠 속을 헤매고 있다

오 어둠 속의 유랑이여
내 침묵의 시간이 어찌 되었는가
사람들의 행로는 어찌 되었는가
내 어깨에서 나무들이 솟아나고
내 수염에 새들이 둥지를 틀었구나

괴물이여
너는 나를 알지 못하리라
탐욕에 사로잡힌 네가 결코 알 수 없는 인간이 있으니
왜 죽음이 재생인지 아는가
왜 어둠이 여명인지 아는가
왜 괴물의 뱃속에 침투한 죽은 자의 이마에
신성한 탄생의 별이 뜨는지 아는가

나는 너의 뒤로 나오지 않을 것이다

너의 입으로 토해지지도 않을 것이다
나는 오늘도 캄캄한 네 뱃속을 헤매며
광란의 심연 속에서 미친 듯이 미치지 않고
아직 더럽혀지지 않은 존재의 흰 페이지에
여명의 푸른 길 하나 그려가고 있다

너는 나를 죽이지 못하리라
나는 스스로 죽었기에 결코 죽지 않으리라
너에게 속하지 않는 어떤 삶을 살고 있기에
여러 번 죽고 또 죽임을 당하면서도
나는 괴물의 세계 한가운데서 이렇게
다시 태어나고 다시 시작하고 있으니

사람의 깃발

실크로드 사막 길의
거센 모래바람 앞에 서면
옷자락이 깃발처럼 펄럭인다
감싸인 몸도 마음도
휘청이며 펄럭인다

온몸을 던져
혁명의 깃발을 들고 살아온 나는,
슬프게도, 길을 잃어버렸다

이제 깃발도 없이
실패한 혁명가로
정직한 절망을 걸어온 길

무력한 사랑의 슬픔 하나로
이 막막한 사막 지평에 서면
바람이 크다
바람이 크다
거센 모래바람에 휘청이며
푹푹 빠지고 쓰러지며 가다 보면
다시 온몸으로 펄럭이며 가다 보면

때로는 사람이 깃발이 되는 것이다
깃발도 없이 길을 찾아가는
사람이 깃발이 되는 것이다

평온한 마음

자기 이웃을 사랑하기 위해
폭풍 속을 걸어가는 자의 마음은
늘 평온을 간직하게 되리라

자기 자신만을 사랑하기 위해
이웃의 가난과 고통을 외면하는 자의 마음은
늘 폭풍우를 간직하게 되리라

삼성 블루

오늘은 역사적인 날
글로벌 삼성 회장님이
대한민국 사법부를 접수한 날
법과 정의와 민주주의를 돈으로 사버린 날
자본권력의 힘을 온 세계에 보여준 날

이제 대한민국은 삼성 공화국
대한민국의 모든 권력은 회장님으로부터 나온다

이제 삼성 로고 앞에서는
가슴에 손을 얹고 바라보라
국기에 대한 의례처럼
글로벌 삼성에 대해 경례하라

차갑고 푸르게 일그러진 원
그 안에 하얗게 들어박힌
삼성 앞에서는
하얘져
새하얘져

검은 뇌물도

검은 범죄도
법도 언론도 국가도
하얘져
쌔하얘져

대한민국 대표 브랜드
글로벌 삼성 앞에서는
휴대폰도 컴퓨터도 TV도
얇아져 더 얇아져
진실도 정의도 인간성도

그들은 유령처럼 드나들어
법원도 검찰도 청와대도
언론사도 정당도 대학도
마음대로 들어가 바꿔버려
마누라와 자식만 빼고
다 바꿔버려

삼성전자의 처녀들은 하얀 우주복을 입고
독한 납용액과 1급 발암물질 벤젠과
날카로운 전자파와 방사선을

복숭아빛 발그란 몸으로 빨아들여
모든 것이 하얘져
핏속까지 하얘져

붉은 피톨도 푸른 눈물도
우리들 살아 있는 모든 것이
황유미처럼 박지연처럼
하얘져
새하얘져

저 차가운 삼성 블루
일그러진 돈의 원 안에 들어가면
생명도 양심도 영혼도
우리들 살아 있는 미래도
하얘져
쌔하얘져

들어라 스무 살에

반항아가 살지 않는 가슴은
젊음이 아니다

탐험가가 살지 않는 가슴은
젊음이 아니다

시인이 살지 않는 가슴은
젊음이 아니다

너는 지금 인류가 부러워하는
스무 살 청춘이다

스무 살 폐부 속에 투지도 없다면
스무 살 심장 속에 정의도 없다면
스무 살 눈동자에 분노도 없다면
알아채라, 네 젊음은 이미 지나가 버렸음을

들어라 스무 살에

혁명가가 살지 않는 가슴은
젊음이 아니다

꽃을 던진다

팔레스타인 아이들이 돌을 던진다
마을 골목까지 밀고 들어온
방탄 지프의 총구 앞에서

돌을 던진다
침대 머리까지 뚫고 들어온 탱크 앞에서
팔레스타인 아이들이 돌을 던진다

총격이 시작되면 후다닥 달아나다
등을 맞고 쓰러진 친구를 끌어다 뉘여 놓고
다시 달려나가 돌을 던진다

책상 앞에서 연필을 쥐고 숙제를 하고
몰래몰래 연애편지를 쓸 손으로
팔레스타인 아이들은 돌을 던진다

쥘 것은 돌멩이밖에 없는 아이들이
눈물 젖은 돌을 던진다
피에 젖은 꿈을 던진다

이 지상에 이보다 더 가벼운 돌멩이가 있을까

이 지상에 이보다 더 무거운 돌멩이가 있을까

팔레스타인 아이들이 돌을 던진다
달걀보다 작은 돌을 던진다
간절한 한 송이 꽃을 던진다

삶의 행진

오늘은 감자 심는 날
마을 언덕길로 호미를 든
할머니와 할아버지
그 뒤로 일 도우러 찾아온
삽을 든 아들과 며느리
그 뒤로 물통을 든 손주 아이들이
줄지어 걸어간다

도 레 미 파 솔 라 시 도 처럼

오래된 삶의 행진은 이렇게 이어지고
불안한 음정으로 끊어질 듯 다시 이어지고
대지에 뿌리박은 저 삶의 행진이 끊기는 날
우리 삶의 노래 또한 사라지리라

누가 조용히 생각하는 이를 가졌는가

파도치는 밤바다에서
조용히 생각에 잠긴 이를 본 적 있다

그는 격류 속에 두 발을 딛고
깊은 생각으로 길어 올린 빛을
어둠 속의 등대처럼 발신하고 있었다

사태가 급박하게 돌아갈 때
긴박한 행동들이 사고능력을 압도할 때

누가 조용히 생각하는 이를 가졌는가

속도 빠른 변화의 한가운데서
심층에서 일어나고 있는 일을 직관하는 사람
미래의 눈빛으로 전체를 뚫어보며
시대정신의 나침반이 되어주는 사람

누가 조용히 생각하는 이를 가졌는가

다 다르다

초등학교 일학년 산수 시간에
선생님은 키가 작아 앞자리에 앉은
나를 꼭 집어 물으셨다
일 더하기 일은 몇이냐?

일 더하기 일은 하나지라!
나도 모르게 대답이 튀어나왔다

뭣이여? 일 더하기 일이 둘이지 하나여?
선생의 고성에 나는 기어 들어가는 목소리로
예, 제가요, 아까 학교 옴시롱 본께요
토란 이파리에 물방울이 또르르르 굴러서요
하나의 물방울이 되던디라, 나가 봤당께요

선생님요, 일 더하기 일은요 셋이지라
우리 누나가 시집가서 집에 왔는디라
딸을 나서 누님네가 셋이 되었는디요

아이들이 깔깔깔 웃기 시작했다
나는 처음으로 손바닥에 불이 나게 맞았다

수업시간이 끝나자마자
아이들이 우르르 몰려와 내 손바닥을 어루만졌다
어쩌까이, 많이 아프제이, 선생님이 진짜 웃긴다이
일 더하기 일이 왜 둘뿐이라는 거제?
일곱인디, 우리 개가 새끼를 다섯 마리 낳았응께
나가 분명히 봐부렀는디
쇠죽 끓이면서 장작 한 개 두 개 넣어봐
재가 돼서 없어징께 영도 되는 거제

그날 이후, 나는 산수가 딱 싫어졌다

모든 아이들과 사람들이 한줄 숫자로 세워져
글로벌 카스트의 바코드가 이마에 새겨지는 시대에
나는 단호히 돌아서서 말하리라

삶은 숫자가 아니라고
행복은 다 다르다고
사람은 다 달라서 존엄하다고

겨울새를 본다

너는 목숨 걸고 날아봤는가

겨울새를 본다
흐린 중랑천에서
청둥오리 쇠오리 고방오리 흰죽지
바람은 뺨을 얼리고
강변로를 질주하는 차들은
언귀청을 울리는데
고맙다 이 거품 흐르는 강물 위에
시린 발 저으며 찾아온 그대

누군들 제가 나고 자라난 땅에
맑은 강이나 호수쯤 살고 싶지 않으랴만
이 낯선 이국의 하늘 아래 흐르는
탁한 중랑천에 내려앉아
한철을 살아주는 그대
고맙다

고된 날갯짓 하며
머리 위를 나는 겨울새
다들 상류만을 찾아 나서며
필사적으로 날아오르는 이 땅에서
낮고 검은 중랑천에 내려앉아

저 먼 대륙의 하늘을 날며
깃털에 품어온 시린 공기를 전해주는
그대 고맙다

흐린 중랑천에서
깨끗한 몸들이 쏟아낸 오염을
제 몸 가득 젖어 담으며
기꺼이 낡아져 가는 그대

겨울새

작은 지구 위에서 떠밀리는
우리들 노동과 평화의 꿈
겨울새를 본다

부모로서 해줄 단 세 가지

무기 감옥에서 살아나올 때
이번 생에는 아이를 낳지 않겠다고 결심했다
내가 혁명가로서 철저하고 강해서가 아니라
한 인간으로서 허약하고 결함이 많아서이다

하지만 기나긴 감옥 독방에서
나는 너무 아이를 갖고 싶어서
수많은 상상과 계획을 세우곤 했다

나는 내 아이에게 일체의 요구와
그 어떤 교육도 하지 않기로 했다
미래에서 온 내 아이 안에는 이미
그 모든 씨앗들이 심겨져 있을 것이기에

내가 부모로서 해줄 것은 단 세 가지였다

첫째는 내 아이가 자연의 대지를 딛고
동무들과 마음껏 뛰놀고 맘껏 잠자고 맘껏 해보며
그 속에서 고유한 자기 개성을 찾아갈 수 있도록
자유로운 공기 속에 놓아두는 일이다

둘째는 '안 되는 건 안 된다'를 새겨주는 일이다
살생을 해서는 안 되고
약자를 괴롭혀서는 안 되고
물자를 낭비해서는 안 되고
거짓에 침묵동조해서는 안 된다
안 되는 건 안 된다! 는 것을
뼛속 깊이 새겨주는 일이다

셋째는 평생 가는 좋은 습관을 물려주는 일이다
자기 앞가림은 자기 스스로 해나가는 습관과
채식 위주로 뭐든 잘 먹고 많이 걷는 몸생활과
늘 정돈된 몸가짐으로 예의를 지키는 습관과
아름다움을 가려보고 감동할 줄 아는 능력과
책을 읽고 일기를 쓰고 홀로 고요히 머무는 습관과
우애와 환대로 많이 웃는 습관을 물려주는 일이다

그러니 내 아이를 위해서 내가 해야 할 유일한 것은
내가 먼저 잘 사는 것, 내 삶을 똑바로 사는 것이었다
유일한 자신의 삶조차 자기답게 살아가지 못한 자가
미래에서 온 아이의 삶을 함부로 손대려 하는 건
결코 해서는 안 될 월권행위이기에

나는 아이에게 좋은 부모가 되고자 안달하기보다
먼저 한 사람의 좋은 벗이 되고
닮고 싶은 인생의 선배가 되고
행여 내가 후진 존재가 되지 않도록
아이에게 끊임없이 배워가는 것이었다

그리하여 나는 그저 내 아이를
'믿음의 침묵'으로 지켜보면서
이 지구별 위를 잠시 동행하는 것이었다

다친 가슴으로

가을 산길을 걷다가
다친 새 한 마리 살려 보낸다고
손을 다쳤다

산은 다친 사람들을 품고
말없이 치유해 보내느라
숲을 많이 다쳤다

나는 누구 하나 제대로
품어 살리지도 못하고
가슴만 크게 다쳤다

가을 서리는 내리는데
나는 몸이 시린 사람들에게
따뜻한 위안 하나 보내지도 못하고
깊이 다친 가슴을 문지르며
고개 숙여 가을 길을 걷는다

이스탄불의 어린 사제

폭설이 쏟아져 내리는 이스탄불 밤거리에서
커다란 구두통을 멘 아이를 만났다
야곱은 집도 나라도 말글도 빼앗긴 채
하카리에서 강제이주당한 쿠르드 소년이었다

오늘은 눈 때문에 일도 공치고 밥도 굶었다며
진눈깨비 쏟아지는 하늘을 쳐다보며
작은 어깨를 으쓱한다
나는 선 채로 젖은 구두를 닦은 뒤
뭐가 젤 먹고 싶냐고 물었다
야곱은 전구알같이 커진 눈으로
한참을 쳐다보더니 빅맥, 빅맥이요!
눈부신 맥도날드 유리창을 가리킨다

학교도 못 가고 날마다 이 거리를 헤매면서
유리창 밖에서 얼마나 빅맥이 먹고 싶었을까
나는 처음으로 맥도날드 자동문 안으로 들어섰다
야곱은 커다란 햄버거를 굶주린 사자새끼처럼
덥썩 물어 삼키다 말고 나에게 내밀었다

나는 고개를 저으며 담배를 물었다

세 입쯤 먹었을까
야곱은 남은 햄버거를 슬쩍 감추더니
다 먹었다며 그만 나가자고 하는 것이었다
창밖에는 흰 눈을 머리에 쓴
대여섯 살 소녀와 아이들이 유리에 바짝 붙어
뚫어져라 우리를 쳐다보고 있었다

야곱은 앞으로 만날 때마다
아홉 번 공짜로 구두를 닦아주겠다며
까만 새끼손가락을 걸며 환하게 웃더니
아이들을 데리고 길 건너 골목길로 뛰어들어갔다

아, 나는 그만 보고 말았다
어두운 골목길에서 몰래 남긴 햄버거를
손으로 떼어 어린 동생들에게
한입 한입 넣어주는 야곱의 모습을

이스탄불의 풍요와 여행자들의 낭만이 흐르는
눈 내리는 까페 거리의 어둑한 뒷골목에서
나라 뺏긴 쿠르드의 눈물과 가난과
의지와 희망을 영성체처럼

한입 한입 떼어 지성스레 넣어주는

쿠르드의 어린 사제 야곱의 모습을

말의 힘

민주화가 되고 나서
나는 알아챘다

누구나 말을 잘한다는 것을
누구나 바른말을 잘한다는 것을

광장의 비둘기처럼
철새의 군무처럼

옳은 말들의 난무 속에서
나는 깨달았다

말은 아무것도 아니고
말은 모든 것이라는 걸

유유히 창공을 돌다
한순간 제 온몸의 무게를 실어
수직으로 하강하는 수리매처럼

말의 힘은
삶의 힘이라는 걸

떨림

그에게는 아직도
수줍음이 남아 있어

그에게는 아직도
긴장미가 남아 있어

나는 그를 보면 설레는 것이다

그에게는 아직도
열정이 살아 있어

그에게는 아직도
첫마음이 살아 있어

나는 그 앞에서 떨리는 것이다

시간이 흘러도 마르지 않는
그 사람의 내밀한 푸르름 앞에서

아직도 가야 할 길이 있어
먼 저편을 바라보는 그 아득한 눈동자 앞에서

안 팔어

가을 햇살을 받으며 들깨를 턴다
털어낸 들깻단이 초가집만큼 쌓여도
작고 작은 들깨알은 겨우 서너 말

김씨네 들깨 터는 일을 한나절 거들었더니
갓 짜낸 들기름을 생수병에 담아 선물한다
에티오피아 미인처럼 황금빛 갈색으로
황홀하게 춤추는 들깨의 여신들

허허, 요것이 커피 몇 잔 값이나 될까
돈 보고는 못히여
농사는 말여, 사람 보고 후대 보고 하는 거지
돈 보고는 못히여
돈만 보면 수입하고 사다 먹으면 편하지만
저 윗논 좀 봐, 1년 농사 안 지으니 말여
쑥대밭에 토양이 다 쓸겨나가잖어
그럼 강물은 어찌 되겄어
바다는 기후는 어찌 되겄어

난 말여, 내 손으로 정갈히 갈아지고 씨 뿌려서
파랗고 노랗게 피어나는 논밭을 걸을 때면 말여

참 보기 좋구나 사는 게 아름답구나
자연의 손길이 신비하고 감사하구나
마치 내가 위대한 예술가이고 시인인 양
내가 장하단 생각이 든단 말여, 하하하
토지가 망가지고 자연이 병들면 말여
사람인들 살아남을 길이 있간디
땅바닥에 벌어지는 일은 고스란히
사람에게 벌어지고 옮겨붙는단 말여

돈 안 된다고 농사꾼 푸대접하는 나라에
인간성인들 대접받을 수 있느냐 말여
도덕심은 수입이 되간디, 사는 맛은 수입이 되간디,
요새 이 지역 땅값 뛰고 나서 인간들 다 망가졌어
땅 팔아 부자 된 우리 동기들 인간성 다 베렸어

난 말여, 텔레비나 신문에 나와서 말여
나라 걱정에 선진화에 떠들어대는 놈들 말여
정치가나 지도층이나 배운 자들 보면 말여
안 믿어, 제 손발에 흙 안 묻힌 자들 난 안 믿어,
땅을 돌보지 않고 생명을 길러보지도 않고 말여
살림살이에 대한 아무 감도 없는 자들이 말여

오직 돈만 보고 돈 되는 길만 쫓는 자들이
뭘로 옳고 그름을 판단하겄냐 말여
40년 넘게 농사짓다 보니까 말여
세상에 젤 무서운 인간이 돈만 보는 인간이고
세상에 젤 무서운 병이 돈에 돌아버린 병이여

야아, 그나저나 들기름 빛이 곱다 고와
들깨 미인이 해 아래 춤추는 것만 같네그려
땅과 하늘과 내 손이 공동연출한 춤사위가
차암 곱네그려

김씨와 나는 텃밭의 채소를 뜯어다 들기름에 무쳐
벌써 세 병째 막걸리를 주거니 받거니 마시며
돈에 돈 놈들도 입맛은 살아 있어 갖고 말여
요 꼬소한 들기름 맛 한번 보면 팔라고 하겄제
아예 유기농 브랜드 만들어 붙여 팔자고 하겄제
지랄, 돈 보고 했으면 들깨 미인의 춤이 보이겄냐

안 팔어,
난 안 팔어,
죽어도 안 팔어!

아니 근디 당신은 왜 가만~히 있능겨
당신 팔겨?
아차, 나도 안~팔어!

김씨와 나는 어깨동무를 걸고서
안 팔어, 오른팔 왼팔 내지르며
안 팔어, 선창 복창 후렴까지 붙여 가며
노을 지는 농로 길을 전문 시위꾼처럼
들깨 여신의 춤사위로 걸어나갔다

숲 속의 친구

노을 지는 마을 뒷산을 오르는데
푸드드득 꿩 가족이 날아오른다

미안해 놀라지마 우린 친구야
중얼거리며 산중턱을 오르는데
놀란 산토끼가 뛰고 고라니가 뛴다

아 나는 아직 멀었다
사람이나 짐승이나 생명은 다 영물인데

나는 아직도 숲 속의 식구로 받아들여지지 못한다
내 마음에 아직 살기가 남아 있기 때문일까
내 상처에 아직 파편이 남아 있기 때문일까

안데스 산맥의 토박이 마을 사내들이 부럽다
사냥을 나갈 때면 여러 날 전부터
고기를 먹지 않고 물과 풀만을 조금 먹으며
자기들이 사냥할 짐승들에 대하여 미리
영혼의 안식을 기원하며 심신을 정화하는데

드디어 사냥을 떠나는 날 아침

향기로운 풀을 짠 생즙을 마시고 숲으로 들어가면
심신을 맑힌 사냥꾼들의 몸에서는 향기가 나고
여기저기서 짐승들이 다가와서는 사냥꾼들과
친구처럼 숲 속을 이리저리 같이 다닌다고 하지
비록 자기들을 죽이러 온 사람들이지만
그 마음에 아무런 원한이나 탐욕이 없고
적의나 살기가 들어 있지 않다는 걸 느끼기에

나는 숲에서 너무 멀리 벗어나 버렸다
이렇게 돌아와도 나는 아직 마을 숲에게도
작은 짐승들에게도 친구로 받아들여지지 못한다
우리는 한 나무에 달린 잎사귀들인데
나는 너에게 아직도 멀었다

필사적으로 꼴리기를

남자들은 위엄을 잃어버렸다
그리하여 그들의 여자들은
남자의 전투성을 지니게 되었다

여자들은 깊이를 잃어버렸다
그리하여 그들의 남자들은
여자의 유약함을 지니게 되었다

슬픈 일이나 좋은 일이다

여자는 남자의 과거가 되지 말기를
강인한 깊이로 새롭게 빛나기를

남자는 여자의 과거가 되지 말기를
부드러운 위엄으로 새롭게 빛나기를

그리하여 남자는 남자답고 여자는 여자답기를

결코 같아지지 말고 닮아가지 말기를
서로가 다름으로 필사적으로 꼴리기를

잉카의 후예가

잉카의 후예가 시위를 한다
스페인 마드리드 광장에서
지난날 자신들의 조상에게 빌려 간
돈에 대한 이자를 지불하라고

수백 년 동안 미루어온 원금은
이제 와서 따지지 않겠노라
다만 조상들의 막대한 금과 은을 가져다
이만큼 부유해졌다면 이제부터 이자라도 상환해야
자본주의 국가의 도리가 아니겠냐고

잉카의 후예가 시위를 한다
그 침묵시위 앞에
스페인 정부와 은행과 법정은 침묵했다
수백 년 동안 원주민의 토지와 금은과
남자와 여자와 아이를 노예로 강탈해온 선진국들은
차가운 무관심의 방패로 침묵했다

세계 원주민 후예들의 시위 앞에
그들이 강탈한 원금의 이자를 상환하기 시작한다면
스페인과 유럽과 미국의 재정은 바닥을 드러내고

매너 좋은 그들의 문명과 지성은
곧장 그 옛날의 강도로 나뒹굴리라

잉카의 후예가 시위를 한다
저들은 냉담하게 침묵으로 공조한다
솔직히 강도질 위에 선 우리는 할 말이 없노라고
글로벌 자본주의 체제가 배상의 소용돌이에 말려
금이 가고 뒤집힐까 봐 두려워 침묵하노라고

잉카의 후예가 시위를 마치고 돌아선다
그래, 알겠노라,
자본주의의 기본 도리와 시장경제 원리마저 침묵하는
법과 권력과 은행은 앞으로 무시해도 좋다는
그대들 침묵의 승인을 받고 돌아가노라

얼굴을 돌린다

누구든지 가난한 사람을 외면하면
하늘도 그에게서 얼굴을 돌리리라

누구든지 힘없는 사람을 무시하면
하늘도 그에게서 눈길을 거두리라

누구든지 불의한 세력에 침묵하면
하늘도 그에게서 두 귀를 닫으리라

세상에서 받을 칭찬과 보상을 다 받은 자에게
하늘은 그를 위해 남겨둔 것이 아무것도 없으리라

시인은 숫자를 모른다

강연을 한 번 했더니
세금 떼고 이십몇만 원이 생겼다
이 큰 돈을 어쩐다, 망설이다
은행에 가서 현금통장에 넣으려 하니

아니 세상에 카드 하나 없으세요?
이 카드 저 카드 주식과 펀드를 권하며
복잡한 수익률과 편리함을 설명하는데

시인은 숫자를 모른다
숫자 경제도 모른다
복잡한 회계도 고도의 수학적 계산을 요하는
월가의 선진 금융기법도 모른다

하지만 누구보다 사람은 잘 안다
숫자 속에 살아 있는 사람들,
울고 웃고 한숨짓고 분노하고
숫자에 죽어가는 사람들,
살아 있는 숫자는 누구보다 잘 안다

시인은 숫자를 모른다

하지만 살아 움직이는 살림 경제는
민심과 시대의 징표와 무언의 계시는
이 세상 누구보다 더 잘 안디

서성인다

가을이 오면 창밖에
누군가 서성이는 것만 같다
문을 열고 나가 보면 아무도 없어
그만 방으로 돌아와 나 홀로 서성인다

가을이 오면 누군가
나를 따라 서성이는 것만 같다
책상에 앉아도 무언가 자꾸만 서성이는 것만 같아
슬며시 돌아보면 아무도 없어
그만 나도 너를 따라 서성인다

선듯한 가을바람이 서성이고
맑아진 가을볕이 서성이고
흔들리는 들국화가 서성이고
남몰래 부풀어 오른 씨앗들이 서성이고
가을편지와 떠나간 사랑과 상처 난 꿈들이
자꾸만 서성이는 것만 같다

가을이 오면 지나쳐온 이름들이
잊히지 않는 그리운 얼굴들이
자꾸만 내 안에서 서성이는 것만 같다

살아 있는 실패

나는 실패
살아 있는 실패
사랑도 명예도 혁명도 실패
나는 실패 덩어리다

실패가 싫은 모든 이들이 나를 싫어하고
실패를 죽이고픈 모든 자들이 나를 추격하여
나는 사람들 눈에 띄지도 않는
검은 숲과 광야와 골짜기를 떠돈다

나는 실패
고독한 실패
홀로 어둠의 심연에서 실패를 반추하며
나는 세계에서 추방당한 반신반인이다

나 또한 사람 사는 세상으로
귀환하고 싶지 않은 것은 아니다
지금까지 누구도 해보지 않았던 것을
실패 없이 해내는 길이 있다면
지금까지 누구도 경험하지 못한 것을
실패 없이 맛볼 수만 있다면

나는 실패
다수의 실패
양극화의 골짜기를 떠도는 피투성이 실패의
고독한 외침

오 누가 나에게 알려다오
상처 없이 사랑하는 법이 있다면
어둠 없이 아침이 밝아오는 길이 있다면
패배 없이 혁명이 걸어오는 길이 있다면

나는 실패
모두의 실패
나는 혼자지만 누구에게나 있고
나는 유배당한 자이지만 어디에나 있다

내 모든 삶의 이야기와
내 모든 사랑의 노래와
내 모든 깨달음의 빛은 실패에서 나온다

나는 실패
살아 있는 실패

그 무엇도 죽이지 못하는 나는 웃는 실패
실패들이 품어 기른 최후의 희망이다

기도는 나의 힘

힘 있는 자는 기도하지 않는다
돈 많은 자는 기도하지 않는다
성공한 자는 기도하지 않는다

그들은 기도하지만 기도드리지 않고
그들은 하늘을 부르지만 오직 땅에다 대고
땅 위에서 이루어지기를 바랄 뿐이다

어린아이의 천진한 기도는 하늘에 닿는다
무력한 자의 간절한 기도는 하늘에 통한다
정의를 위해 외치는 기도는 하늘을 울린다

이 지상에 의지할 데 하나 없어 하늘밖에 없고
아무것도 가진 것이 없어 기도밖에 없는 자의
하늘을 향해 울부짖는 기도는 땅에서 배반당하지만

하늘에 통하는 기도는 그 가슴에 하늘이 깃들어
마침내 사랑의 힘으로 땅의 권력을 갈아내리라

돌꽃

무너진 성벽이나
황량한 평원의 고인돌이나
사라진 원주민의 돌집에서
우두커니 앉아 있는다

차가운 바람 속에서
불볕의 정적 속에서

오래된 돌들이 풍기는 향기
그들이 두런거리는 소리
돌에 감도는 붉은 실핏줄
등짝의 근육과 처녀의 젖가슴

돌에서 꽃이 핀다

돌과 꽃 사이로 걸어 나올 때
세상이 던지는 돌멩이 속에서
돌이켜 재구성된 사람으로서의 난
더이상 내가 아니다

돌을 던져라, 꽃이 핀다

모내기 밥

봄을 타는가보다
며칠째 입맛이 없다
문득 맛난 음식들이 떠오른다

내 인생에 가장 맛난 음식들은
유명한 맛자랑 요리집도 아니고
솜씨 좋은 울 엄니가 차려준 음식도 아니다
동네 사람들이 모여 모내기할 때
논두렁가에 둘러앉아 먹던 그 모밥이다

못줄을 잡고 모를 쪄 나르던 어린 나에게도
뜨끈한 고봉밥 한 그릇이 주어지고
감자와 무토막을 숭덩숭덩 썰어넣은
도톰한 서대조림 한 그릇이 돌아왔지

논두렁 가운데 버드나무 그늘에 둘러앉아
한 손에는 숟가락을 들고
한 손에는 살짝 말려 매콤하게 조린
졸깃졸깃한 서대조림 한 마리씩을 들고
웃고 격려하고 일 잘한다고
서로 칭찬하며 함께 먹던 모내기 밥

이 봄에 입맛이 없는 것은
내 입의 문제만이 아니다
절기에 맞춰 함께 땀 흘리던 삶,
서로를 필요로 할 수밖에 없고
서로의 재주와 힘을 나눌 수밖에 없던
그 두레노동에서 뿌리 뽑혀
봄이 와도 대지에 맨발을 내리지 못한
시멘트 바닥을 달리는 내 삶 때문이다

가을에 시인이 이런 시를 써야 하나

이탈리아의 한 지역에서
금붕어를 둥근 어항에 기르는 것을
시민조례로 금지시켰다고 한다
물고기에게 둥근 어항으로
왜곡된 현실 모습을 보게 하는 것이
가혹하다는 이유에서였단다

그런대로 섬세하지 않은가
그 순간 그 마을 아이들의
가슴 속에 갇힌 시원의 물고기들이
일제히 파닥이며 춤추지 않았겠는가

동쪽의 한 나라에서
수천수만 년 흘러온 강들을
모조리 시멘트로 직선의 둑을 쌓고
강바닥을 깊이 파 댐을 세우기로 했단다
거기다 기름배 띄우고 오리배 띄워서
관광개발로 경제, 경제를 살린다고

그런대로 끔찍하지 않은가
그 순간 그 나라 아이들의 가슴에 뛰놀던

시원의 물고기와 이야기들이 일제히
시멘트 어항 속에서 살해되지 않겠는가

비출 듯 가린다

어두운 밤길을
작은 등불 하나 비추며 걷는다

흔들리는 불빛에 넘어져
그만 등불이 꺼져 버렸다

순간, 칠흑 같은 어둠 속에 빛나는
밤하늘 별빛을 보았다

언제부터 내 머리 위에서
찬연히 반짝여온 저 별빛

작은 등불을 끄지 않고는
하늘의 별빛을 볼 수 없다

작은 것은 늘 크고 깊은 것을
비출 듯 가리고 서 있으니

지붕 위의 두 여자

카주라호로 가는 시골 마을
둥근 우물가에서 목을 축인다

샘물을 긷는 여인의
사리 입은 자태가 아름다워
나마스떼, 사진 한 장을 찍자
엄지와 검지손가락을 부벼대며
루피 루피 돈을 달라고 한다
한적하고 고요하던 시골 마을이 순식간에
루피! 루피! 합창으로 메아리친다

나는 순식간에 루피도 없는 루피 교주가 되어
루피 신도들에게 둘러싸인 채
쫓기듯 마을 골목길을 빠져나간다

얼마 전 이 마을을 방문하기 시작한
외국 관광객의 넘치는 자비심과
한국인 관광객의 넘치는 자부심이
어른 남녀 아이 노인 할 것 없이
루피 거지를 마음에 심어 놓았단다

지구마을 가난한 사람들의 실상과
구조화된 악의 실체에 눈 감으면서
달콤한 풍요 속에 살아온 자들은
언제나 제 마음의 불편을 덜기 위해
자기가 하고 싶은 사랑을
자신이 해온 방식으로 해대며
가난한 자들의 존엄과 미래를 망친다

마을 골목길에 노을이 물들고 있었다
내 등에 던져지는 실망과 지탄의 눈총을 느끼며
질척이는 마을을 벗어나 숨을 고르며
가난이 최후의 자존심마저 짓밟을 때
가난의 미래는 무엇이 남는 걸까
붉어지는 눈길로 고개를 돌릴 때

나는 보았다
앞다투어 손을 내밀며 달려드는 아이들 틈에서
달려가려는 어린 동생의 손목을 끌어당기며
한 손에 몽당연필을 쥐고 서 있는
남루한 아이의 강인한 눈동자를

나는 보았다
흙집 지붕 위에서 빨래를 걷다
이 모든 사태를 내려다 보고 있는
청색 사리와 자줏빛 사리를 입은
젊은 두 여자의 꼿꼿한 모습을

허리에 팔을 짚고 우뚝 서서
슬픔과 분노로 타는 듯한 눈빛으로
자존심을 잃어버린 가난한 삶의 대지를
말없이 내려다 보는 지붕 위의 두 여자를

그 꽃 속에

생일날, 감옥접견 창구에서
무슨 선물을 받고 싶나요?
꽃 한 송이!
시멘트 관속 같은 어둑한 독방에
환한 꽃 한 송이 놓고 싶었지요

생일이면 당신은 꽃을 보내주었지만
미안해요, 난 꽃을 꽂아두지 않았어요
난 꽃 한 송이가 아니라
그 꽃이 핀 언덕을, 아지랑이를, 햇살을
그 꽃의 바람과 안개비와 새소리와
밤하늘 별들을 품고 싶었지요

착하신 당신
가난한 나라의 배고픈 아이와
일대일 결연을 맺고 입양을 하고
자선을 베푸시는 참 좋으신 당신

가난한 나라 아이들 중에
가장 예쁜 꽃 한 송이 꺾어 들고 와
그대의 가슴에 꽂고 다니지 말아요

그 꽃의 황폐한 대지와
목 잘리고 꺾여진 꽃들의 비명과
피어린 꽃들의 내력을 살펴주세요

그 아이의 불행한 운명의 뿌리는
그 누구 때문도 아니에요
그 아이와 당신은 같은 대지를 걷고 있고
당신의 선한 눈물과 여유로운 자선은
그 아이 몫의 식량과 물과 웃음과 배움과
건강과 아름다움을 가져다 먹어 왔어요

착하신 당신
당신의 연민과 자선에 싱싱하게 물을 주는
숨은 구조악의 실체를 직시해 주세요
눈물 많으신 그대의 동정심을 빛내기 위해
그 불행의 뿌리와 생태계를 망쳐온
숨은 손들을 보지 않는 건
진정한 선함도 사랑도 아니랍니다

당신의 생일날
제가 기른 수선화 몇 뿌리를 보냅니다

수선화가 자란 우리 마을 언덕과

편백나무 숲을 지나온 눈보라와

제 괭이질 소리와 슬픔과 분노의 내 마음까지

가을 몸

비어가는 들녘이 보이는
가을 언덕에 홀로 앉아
빈 몸에 맑은 볕 받는다

이 몸 안에
무엇이 익어 가느라
이리 아픈가

이 몸 안에
무엇이 비워 가느라
이리 쓸쓸한가

이 몸 안에
무엇이 태어나느라
이리 몸부림인가

가을 나무들은 제 몸을 열어
지상의 식구들에게 열매를 떨구고
억새 바람은 가자 가자
여윈 어깨를 떠미는데

가을이 물들어서
빛바래 가는 이 몸에
무슨 빛 하나 깨어나느라
이리 아픈가
이리 슬픈가

그렇게 내 모든 것은 시작되었다

시가 흐르지 않는 것은
상대하지도 않았다

아름답지 않은 것은
쳐다보지도 않았다

성스럽지 않은 것은
다가서지도 않았다

내 모든 것은
그렇게 시작되었다

사랑도 노동도 혁명도

얼마든지 아름답게 할 수 있는 것을
아무렇게나 하는 것은 견딜 수가 없었다*
힘들어도 詩心으로 할 수 있는 것을
괴로워도 성스럽게 할 수 있는 것을
아무렇게나 하는 것은 용납할 수가 없었다

내 모든 것은

그렇게 무너져 내렸다

이념도 조직도 투쟁도

그렇게 내 모든 것은
다시 시작되었다

긴 침묵 속에 천천히 비틀비틀

도시에 사는 사람

도시에 사는 사람은 누구나
자기 가슴에 총을 품고 산다*

아무리 착한 사람도
아무리 지적인 사람도
가슴 깊은 곳에는 총을 품고 산다

머지않아 석유문명이 정점을 지나고
기후변화와 생태재앙이 몰아쳐 올 때
식량 수입도 석유 수입도 불가능해지면
굶주린 도시 사람들은 어떻게 될까

시골로 시골로 쳐 내려가
아무 쓸모도 없는 화폐와 현금카드를 내밀다
그마저 통하지 않으면 약탈을 시작하리라

굶어 죽어가는 새끼들을 차마 볼 수 없기에
가슴 속의 총을 꺼내 미친 듯 살상을 하고
힘없는 비개발국가의 식량을 강탈하고자
군대를 앞세워 침공을 시작하리라

솔직히 말하자
사람은 무엇으로 사는가
사람은 무얼 먹고 사는기

첨단 반도체를 씹어먹고 살 것인가
서비스와 인터넷과 주식펀드를
씹어먹고 살 것인가

내 손으로 벼 한 포기 심지 않고
밀 한 줌 나무 한 그루 길러본 적 없으면서
첨단 IT와 생명공학과 선진금융이면
잘 먹고 잘 산다고 말해온 자들은

솔직히 말하자
지구시대에 내가 딛고 선 발밑에서
내가 먹고 마시고 입고 쓰는 것들을
누가 심고 기르고 캐 올리고 있는가를

도시의 나를 움직이는 모든 것이
비교경쟁이고 일상의 전쟁인데

비즈니스는 총만 들지 않은 전쟁이고
전쟁은 총을 든 비즈니스인데

나는 고백한다
글로벌 코리아 도시의 전사인 나는
가슴에 약탈의 총을 품고 살아간다고
나의 진보의 걸음에는 피가 철벅거린다고

도토리 두 알

산길에서 주워든 도토리 두 알
한 알은 작고 보잘것 없는 도토리
한 알은 크고 윤나는 도토리

나는 손바닥의 도토리 두 알을 바라본다

너희도 필사적으로 경쟁했는가
내가 더 크고 더 빛나는 존재라고
땅바닥에 떨어질 때까지 싸웠는가

진정 무엇이 더 중요한가

크고 윤나는 도토리가 되는 것은
청설모나 멧돼지에게나 중요한 일*
삶에서 훨씬 더 중요한 건 참나무가 되는 것

나는 작고 보잘것 없는 도토리를
멀리 빈숲으로 힘껏 던져주었다
울지 마라, 너는 묻혀서 참나무가 되리니

공부는 배반하지 않는다

오늘 나는 대학을 그만둔다
아니, 거부한다
김예슬 선언 이후
점수 좋은 초중고생들이
답문을 날린다

공부는 배반하지 않는다

시험공부는 성적을 낳고
성적은 명문대를 낳고
명문대는 학벌을 낳고
학벌은 돈과 성공을 낳는다

공부는 배반하지 않는다

그래, 공부는 널 배반하지 않지만
삶이 너를 배반하고 있으니

첫마음의 길

첫마음의 길을 따라
한결같이 걸어온 겨울 정오
돌아보니 고비마다 굽은 길이네

한결같은 마음은 없어라

시공을 초월한 곧은 마음은 없어라
시간과 공간 속에서 늘 달라져온
새로와진 첫마음이 있을 뿐

변화하는 세상을 거슬러 오르며
상처마다 꽃이 피고 눈물마다 별이 뜨는
굽이굽이 한결같은 첫마음이 있을 뿐

서른다섯 여자 광부의 죽음

그녀의 나이는 서른다섯
소녀 적부터 광부이던 그녀가
모래바람 치는 안데스 고원을 넘어가네

해발 4천5백 미터 광산촌의
바람은 차갑고 햇살은 날카로와
올망졸망 새까만 다섯 아이가 눈에 밟혀선지
자꾸만 뒤를 돌아보며 광산촌을 떠나가네

가족과 동료들은 그녀의 주검을 식탁에 뉘여 놓고
마지막 가는 길에 꽃 한 송이도 올리지 못한
가난의 슬픔을 이겨내느라 코카잎을 나눠 씹으며
숨죽인 흐느낌으로 서로 손을 잡는데

아 그녀는 살아생전 얼마나 많은
코카잎을 씹어왔을까
희박한 공기 속에 무거운 광석을 지고 나와
망치를 들어 쪼갤 때마다 힘겨운 삶을 씹고
슬픔의 코카잎을 씹으며 견디어 왔던가

서른다섯 그녀가 안데스 고원을 떠나가네

머리를 조이던 헬멧도 벗어놓고
손목을 울리던 망치도 내려놓고
그라시아스 일 라 비나,
인생에 대한 감사의 노래도 없이

다섯 살 소녀 적부터 광부이던 그녀는
일생동안 수많은 금과 은을 캐왔지만
그녀의 몸엔 금반지 하나 은팔찌 하나 없이
검게 탄 얼굴에 만년설이 녹아내리듯
푸른 눈물을 흘리며 자꾸만 뒤돌아보며
모래바람 치는 안데스 고원을 넘어가네

사라진 야생의 슬픔

산들은 고독했다
백두대간은 쓸쓸했다
제 품에서 힘차게 뛰놀던
흰 여우 대륙사슴 반달곰 야생 늑대들은 사라지고
쩌렁 쩡 가슴 울리던 호랑이도 사라지고
아이 울음소리 끊긴 마을처럼
산들은 참을 수 없는 적막감에
조용히 안으로 울고 있었다

그러던 어느 날 산들은 알아야만 했다
사라진 것은 야생 동물만이 아니었음을
이 땅에서 사라진 야생 동물들과 함께
야생의 정신도 큰 울음도 사라져버렸음을
허리가 동강 난 나라의 사람들은
다시 제 몸을 동강 내고 있다는 걸
산들은 참을 수 없는 슬픔에
조용히 안으로 울고 있었다

혁명은 거기까지

레닌이 그랬다
막대기가 오른쪽으로 기울었으면
혁명은 반대쪽으로 확 기울여야 한다고

삶은 죽은 막대기가 아니다
사회는 죽은 말뚝이 아니다
인간은 살아 있는 나무이다

오른쪽으로 기울어 죽어가는 나무를
왼쪽으로 단숨에 잡아당겨 세우면
인간은, 사회는, 삶은 뿌리부터 죽어간다

혁명은 시멘트 바닥을 걷어내고
푸른 나무숲을 되살려 가는 것
한쪽으로 치우친 나무를 올바로 세워가며
자급자립하는 마을과 삶의 자율성이
뿌리 깊게 되살아나게 하는 것

혁명이란
새로운 것을 만드는 것이 아니라
본성대로 돌려놓는 것이고

참모습을 되찾는 것이니

국가 권력의 지지대는
딱 거기까지이다
삶의 나무는 지지대가 적으면 적을수록
건강하고 푸르른 참사람의 숲이니

평화 나누기

일상에서 작은 폭력을 거부하며 사는 것
세상과 타인을 비판하듯 내 안을 들여다보는 것
현실에 발을 굳게 딛고 마음의 평화를 키우는 것

경쟁하지 말고 각자 다른 역할이 있음을 인정하는 것
일을 더 잘하는 것만이 아니라 더 좋은 사람이 되는 것
좀 더 친절하고 잘 나누며 인간의 예의를 지키는 것

반대를 위한 반대가 아니라
삶을 위한 반대를 하는 것
비록 전쟁의 세상에 살지만
전쟁이 내 안에 살지 않게 하는 것
폭력 앞에 비폭력으로 그러나 끝까지 저항하면서
따뜻이 평화의 씨앗을 눈물로 심어가는 것

기도

어머니, 어젯밤 바스라에 도착했어요
우리는 낡은 소총으로 미군 헬기를 떨어뜨렸어요
내 또래인 미군 병사 두 명을 포로로 잡았지요
한 아이는 공포에 질려 정신이상이 된 것 같아요
어머니, 저를 위해 기도하지 마시고
그 친구를 위해 기도해 주세요

저는 수시로 떨어지는 미사일 틈에서 자라났어요
태어나던 해에 이란 전쟁을 열두 살 때 걸프 전쟁을
스무 살이 되어 또다시 이 몹쓸 전쟁이네요
그래요 나는 전쟁의 자식이에요
전쟁 속에서 나의 심장은 커왔어요

사이렌 소리는 나의 자장가이고
나는 폭격을 음악처럼 들을 수 있는
강한 심장을 가지고 있어요*

하지만 미국의 그 친구는 달라요
그 친구의 심장은 이 폭격을 감당할 수 없어요
풍족한 물자 속에 자라나 첨단 무기만 믿고
낯선 전쟁터에 내몰려 두려움에 떨고 있는

이 친구의 영혼을 위해 기도해 주세요
그 아이의 심장은 이 전쟁을 감당하기에는
너무 부드럽고 고와요

어머니, 해진 샌달에 낡은 총 한 자루지만
저는 굴복하지 않고 이 전쟁을 뚫고 나가
내가 살고 싶은 인생을 살고 말 거예요
행여 제가 못 돌아가거든 아스마에게 전해주세요
결혼식을 올리려고 밤까지 일하며 저금해 두었다고
전쟁이 사라진 봄날 티그리스 강에 바람이 불 때
오렌지 꽃향기 되어 너에게로 갈 거라고

무엇이 남는가

정치가에게 권력을 빼 보라
무엇이 남는가

부자들에게 돈을 빼 보라
무엇이 남는가

성직자에게 직위를 빼 보라
무엇이 남는가

지식인에게 명성을 빼 보라
무엇이 남는가

빼 버리고 남은 그것이 바로 그다

그리하여 다시
나에게 영혼을 빼 보라
나에게 사랑을 빼 보라
나에게 정의를 빼 보라

그래도 내가 여전히 살아 있다면
그래도 태연히 내가 살아간다면

나는 누구냐
나는 누구냐

오월, 그날이 다시 왔다

오월 햇살 아래
낙동강 모래밭을 걷다가
아차, 갓 깨어난
꼬마 물새를 밟을 뻔했다

가슴을 쓸어내리며
가만히 엎드려
꼬마 물새들을 본다
오묘하다

조고만 알에서 갓 깨어난
아기 새 네 마리
모래 색깔을 닮은 깃털로
깜찍하게 위장을 하고
빨간 눈만 빠꼼이 뜬 채
납작 엎드려 미동도 하지 않는다

살며시 물러나 일어서는데
또 아차, 모래 속에 목만 내밀고
꼼지락거리는 새끼 자라들

갑자기 아프가니스탄 마을에 나타난
총을 든 미군을 발견한 듯
놀라 종종거리는 노랑할미새가
새끼에게 먹일 모기를 물고
두려운 눈빛으로 나를 바라본다

오월의 따스한 햇살
여울거리며 흐르는 강물 소리
살랑이는 선선한 바람

내 열 발자국 원 속의
새끼 꼬마 물새들
갓 깨어난 아기 자라
먹이를 문 노랑할미새
엎드린 도마뱀
수초에 앉은 배추흰나비

이 순간의 고요한 긴장
오래된 강의 평화
수천수만 년 굽이굽이 흘러온
이 무섭도록 아름다운 생명의 질서

아 점점 가까이 들려오는
미군의 무인 폭격기 프레데터의 폭탄처럼
으르렁거리며 밀고 오는
거대한 포크레인 소리

폐허의 지옥도를 그리며
강을 파고 콘크리트를 붓고
울부짖는 농민을 질질 끌고 가는 검은 전경들

일만 킬로미터 밖에서
폭탄투하를 원격조정하는
미군 사령부와 펜타곤과
오바마의 사인처럼
보이지 않는 거대 자본가들과
이명박 대통령의 무인 폭격기들

학살의 오월, 그날이 다시 왔다

그녀가 떠나간 자리에는

할머니 제삿날 밤
어머님이 그리운 음성으로 말씀하신다

네 할머니가 떠난 자리는 늘 정갈했느니라
할머니가 부엌에서 나오고 나면
솥뚜껑에도 살강에도 먼지 한 점 없었고
해질녘 논밭을 나올 때면
이삭단도 거름더미도 가지런히 정돈돼 있었느니라

할머니가 난생처음 버스를 타고 벌교장에 가던 날
정류장 바닥에 흰 고무신을 단정히 벗어두고
버선발로 승차하는 바람에 한바탕 웃음꽃이 터졌고
달 밝은 밤 슬그머니 도둑이 들었을 때도
가난한 집안 살림이 잘 정돈돼 있고
마당에 빗자루 자국이 하도 선명해
그만 발길을 돌려 나가다 빗자루로
제 발자국을 쓸고 돌아갔다는 이야기

할머니는 돌아가시기 한 달 전쯤부터
장롱 서랍을 정리하고 장독대와 부엌을 정리하고
울타리가 화단에 줄지어 꽃씨를 심어놓고

갓 시집온 어머니를 불러 며늘 아가 미안하다
이웃집에 달걀 두 꾸러미, 아랫집에 보리 석 되,
건넛마을 김씨네에 깨 한 되 찹쌀 한 말,
이장네 소 부린 품삯을 조목조목 일러주고
한 사흘 앓다가 가는 잠에 살풋 가신 우리 할머니

그녀가 떠난 자리는 늘 단정했기에
그녀는 인생을 뒤돌아보지 않고
단단한 걸음으로 날마다 전진했으니
그녀가 떠난 다음 해 봄날 아침
단아하게 피어난 금낭화 붓꽃 작약꽃을 보고
꽃밭에 홀로 앉아 울었노라고
어머님은 그리운 음성으로 말씀하신다

그녀가 떠나간 자리는 늘 단정했는데
내가 떠나간 자리는 여전히 부끄러워

건너뛴 삶

오늘 해결하지 못한 고민들은
시간과 함께 스스로 물러간다
쓸쓸한 미소이건
회한의 눈물이건

하지만 인생에서 해결하지 못하고 건너뛴
본질적인 것들은 결코 사라지지 않는다

담요에 싸서 버리고 떠난 핏덩이처럼
건너뛴 시간만큼 장성하여 돌아와
어느 날 내 앞에 무서운 얼굴로 선다

성공한 자에겐 성공의 복수로
패배한 자에겐 붉은빛 회한으로

나는 내 인생의 무엇을 해결하지 못하고
본질적인 것을 건너뛰고 달려왔던가
그 힘없이 울부짖는 핏덩이를 던져두고
나는 무엇을 이루었던가

성공했기에 행복하다는 말을

곧이곧대로 믿지 마라

아무도 모른다

성공을 위해 삶을 건너뛴 자에게는

쓰디쓴 삶의 껍질밖에 남겨진 게 없으니

압록강에서

압록강은 흐른다
통곡을 누르며
거센 물살로 흐른다

중국 쪽 강변에서
강바람 맞으며
박박머리 아우 같은
북한 민둥산들을 바라본다

집안集安 땅은 올해 대풍이라고
교탄불에 옥수수 굽는 냄새 자욱한데
강냉이가 익거들랑 와 자서도 좋소
오래된 말 한마디 건네지도 못하고

누이여
올해 강냉이 농사는 잘 되었는가
부디 잘 되었는가
제발 잘 되었는가

서러운 강바람에
핑그레 눈을 감는데

한여름 불볕 속으로
황토빛 알몸 뒤척이며
압록강은 흐른다

오래된 친구

아미쉬 공동체의 가을 성찬식에서
여든일곱 살인 대드 할아버지와
아흔 살인 요나스 할아버지는
서로 주름진 발을 씻겨주었다*
먼저 한 사람이 상대편을 씻겨준 뒤
반대로 자리를 바꿔서 또 씻겨주었다
그분들은 말없이 이런 대화를 나눈 듯하다

우리가 같은 마을에서 생활한 지도
벌써 63년이라는 세월이 지났는데
나는 여전히 자네가 필요하네그려

그분들은 봄 성찬식을 보지 못하고
그해 겨울 마을 옆 묘지에 함께 묻혔다

하나의 꿈을 갖고 희망을 키워오면서
서로 돕고 나누고 서로를 필요로 하면서
기쁨과 슬픔, 성취와 실패, 보람과 시련을
함께 겪고 이겨내온 오래된 친구는
죽음에 이르기까지 서로를 필요로 한다는 듯이

나는 아프리카인이다

내 어머니는 검은 여인
나는 그녀의 자궁에서 탄생했다

내 고향은 아프리카
나는 아프리카에서 걸어 여기까지 왔다

내 최초의 학교는 사바나 초원
나는 시원의 땅에서 걷고 달리고
먹고 살고 말하는 법을 배웠다

나의 감각 나의 지성 나의 영혼
나의 그림 나의 노래 나의 시는
여기 아프리카에서 심겨졌다

나는 아프리카인이다

나는 검은 노예, 나는 굶주린 아이,
나는 강간당한 검은 처녀, 나는 학살당한 원주민,
나의 슬픔, 나의 사랑, 나의 혁명은
내가 탄생한 아프리카에서 시작된다

너는 나를 밟고 넘어서지 않고서는

더이상 내 자매 형제를 죽이지 못하리라

첫 치통

난생처음 치통을 앓다 보니
모든 것이 부실해졌다
차가운 것도 뜨거운 것도 마실 수 없고
야채도 밥알도 꼭꼭 씹을 수 없고
소화도 안 되고 잠도 깊이 안 들고
걸음걸이도 눈빛도 말씨도 힘이 풀린다

이가 아프니 모든 행위가 살금살금
삶이 부실해지고 비겁해졌다
잃어보지 않고는 소중한 걸 모른다더니
빠르게 거칠게 씹어 삼켜온 지난날들이
봐라, 봐라, 아프게 돌아봐 진다

천천히 꼬옥꼬옥 새겨듣지 못한 대화들이
깊숙이 사유하지 못하고 읽어 재낀 책들이
조용한 떨림으로 포용하지 못한 기쁨과 슬픔들이
치통에 감전된 신경망을 타고
부은 얼굴로 나를 돌아보고 있다

나이 50 고개에 찾아온 첫 치통
금이 간 치아처럼 전신으로 번져오는 속 아픈 세상

먹고사는 일에도 싸우는 방식에도
지금 일대 공사가 필요하다

살금살금 비겁하게도 살지 말고
함부로 씹으며 거칠게도 살지 말고
꼬옥꼬옥 사려 깊고 단단하게
속도의 세상을 내 방식대로 걸어갈 일이다

죽을 용기로

밤길에서 한 소녀가 울고 있었네
속옷 바람으로 다리 난간을 오르고 있었네
나는 황급히 소녀의 발을 붙들었네
불량배에게 교복과 가방을 빼앗긴 소녀는
그 안에 힘들게 알바해 모은 돈이 있다고
대학 갈 적금통장이 들어 있다고 흐느끼네
나는 소녀를 집으로 데려가 옷을 입혔네
그리고 그녀에게 돌과 꽃을 주었네
그들을 찾아가 먼저 웃으며 꽃을 주라고
내 교복과 대학자격증을 벗겨주어 고맙다고
그 다음 죽을 용기로 그 돌을 들어 치라고
내 노동과 삶의 시간을 강탈한 대가라고

네가 살아갈 인생 내내
네 미래를 가로막는 자 누구라도

유산

지식은 세대에서 세대로 쌓여간다
기술도 풍요도 권리도 쌓여간다

그러나 행복은 쌓여가지 않는다
지혜도 우정도 미덕도 쌓여가지 않는다

쇠약해져 가는 인류의 저장고인
농사꾼도 토박이 마을도 야생의 자연도
참고 견디는 힘도 감사하는 마음도
무너져 내릴 뿐 쌓여가지 않는다
시인도 은자도 혁명가도
고갈되어 갈 뿐 쌓여가지 않는다

그리하여 불행은 세대에서 세대로
기후변화의 속도처럼 쌓여가고 있다
불안과 불신과 불만의 불덩어리는
가슴마다 폭발할 듯 쌓여가고 있다

조상의 잘못과 우리의 죄를 더 보태어
쌓여가는 파괴력과 임박해온 재앙으로
세계가 차츰차츰 심판의 날에 다가서고 있다

오 저주받은 유산을 물려받은
가련한 우리의 아이들아
너의 미래는 이미 유산되고 있으니
너는 미래의 먹이로
오늘 네 삶을 던져주지 마라

엉겅퀴

녹음이 점령한 여름 산에
모든 꽃들이 머리 숙일 때
홀연 꼿꼿이 피어난 꽃
진보라 고운 향기로운 꽃

엉겅퀴

그러나 네 이름은 곱지가 않구나
사람이 다쳐 붉은 피가 날 때
널 찧어 바르면 금방 피가 멎는다고
엉기는 귀신풀이라 붙여진 이름

피 흐르는 세상에 자기 몸을 던져
누군가를 살리고 치유하는 자는
너처럼 늘 억센 가시가 있지

엉겅퀴

가시 돋친 자리 위에 부드럽게 피어나는
자주보랏빛 강인한 사랑의 꽃이여
나는 가시 돋친 네 몸을 헤치고

보드라운 그곳에 내 상처를 묻는다

아체는 너무 오래 울고 있어요

하늘이여 저에게 화를 내고 계신가요
여기가 세상의 심판대인가요
인도네시아의 검은 머리라 할 수 있는
아체를 이렇게 날려 버렸어요
아무 경고도 없이
아무 자비도 없이

제가 당신을 아프게 했나요
그래서 온 지구를 흔들었나요
왜 하필 아체였나요
아체는 이미 울고 있는데
밤마다 사라져 간 별들이 발밑에서 우는데
총살당한 부모 품에서 살아나온
저 아이가 또 무얼 잘못했나요
밀림의 스무 살 이농발女戰士이 무얼 잘못했나요
쓰나미로 몰려든 외국인이 떠나면
여긴 다시 계엄의 공포인데
저는 언제까지 울어야 하나요

푸른 바다 물결은 언제 그랬느냐는 듯 부드러운데
사람들은 이젠 잊어버린 채 웃고 마시고 분주한데

하늘이여 눈물 많은 사람들이 필요했나요
착하고 가난한 사람의 희생이 필요했나요
이미 당신께 속해 있는 자의 희생이 더 필요했나요

하늘이여 오래된 제 눈물은 흘러도 좋아요
그러나 피지도 못한 아체의 아이들은 받아주세요
울 힘마저 없는 사람들은 받아주세요
총을 든 우리의 기도는 받아주세요
아체는 너무 오래 울고 있어요
아체는 너무 오래 울고 있어요

3단

물건을 살 때면
3단을 생각한다

단순한 것 단단한 것 단아한 것

일을 할 때면
3단을 생각한다

단순하게 단단하게 단아하게

사람을 볼 때면
3단을 생각한다

단순한가 단단한가 단아한가

칼날처럼 꽃잎처럼

너의 사랑을
칼날처럼 만들어라

무디게 갈아서도 안 된다
날 넘게 갈아서도 안 된다

너의 옳음을
꽃잎처럼 피워내라

너무 강해서도 안 된다
너무 여려서도 안 된다

네 사랑은 비수처럼 시대의 심장을 찔러라

네 투쟁은 꽃잎처럼 시대의 희망을 피워라

머리끝에서 발끝까지
칼날처럼 꽃잎처럼

촛불의 광화문

빛으로 세상을 연다는 光化門에서
촛불을 들고 나에게 물어본다

찬란한 빛이 세상을 바꾼 적이 있던가
돈과 권력을 가진 눈부신 빛들이
세상을 올바로 열어낸 적 있던가

그러나 보아라 어둠을 몰아내는 건
빛이 아니라 어둠을 살아온 사람들
이 작은 촛불의 사람들이다

언제나 세상을 사람답게 바꾸는 건
새벽이 올 때까지 촛불을 들고 선
눈물 어린 촛불의 사람들이다

촛불을 들고, 촛불을 들고,
서로 울고 웃고 하나가 되어
허위와 어둠의 껍질을 벗어가는 사람들
다시는 어제로 돌아갈 수 없는 사람들
다시 유월로 가는 촛불의 사람들이다

촛불아 모여라
될 때까지 모여라

우리가 빛의 사람이 될 때까지
우리가 빛의 역사가 될 때까지

삶의 나이

어느 가을 아침 아잔 소리 울릴 때
악세히르 마을로 들어가는 묘지 앞에
한 나그네가 서 있었다
묘비에는 3·5·8… 숫자들이 새겨져 있었다
아마도 이 마을에 돌림병이나 큰 재난이 있어
어린아이들이 떼죽음을 당했구나 싶어
나그네는 급히 발길을 돌리려 했다
그때 마을 모스크에서 기도를 마친 한 노인이
천천히 걸어 나오며 말했다

우리 마을에서는 묘비에 나이를 새기지 않는다오
사람이 얼마나 오래 살았느냐가 중요한 게 아니라오
사는 동안 진정으로 의미 있고 사랑을 하고
오늘 내가 정말 살았구나 하는
잊지 못할 삶의 경험이 있을 때마다
사람들은 자기 집 문기둥에 금을 하나씩 긋는다오
그가 이 지상을 떠날 때 문기둥의 금을 세어
이렇게 묘비에 새겨준다오
여기 묘비의 숫자가 참삶의 나이라오

가난한 자는 죽지 마라

가난한 자는 죽지 마라
외로워도 슬퍼도 죽지 마라
괴로워도 억울해도 죽지 마라

시위하다 맞아 죽지도 말고
굶어 죽거나 불타 죽지도 말고

가난한 자는 죽을 자격도 없다

가난한 자는 투신해도
아주 가벼운 깃털 하나
가난한 자는 분신해도
아주 차가운 눈빛 하나

가난한 자의 생명가치는 싸다

시장에서 저렴한 너는
잉여인간에 불과한 너는
몸값도 싸고 꿈도 싸고
진실도 싸고 목숨마저 싸다

가난한 자들은 죽을 권리도 없다
죽으려거든 전태일의 시대로 가 죽든가
아직 오지 않은 미래로 가 죽든가

제발, 가난한 자는 죽지 마라
선진화의 시장에서는 죽지 마라
돈의 민주주의에서는 죽지 마라

아, 가난한 자는
죽어도 같이 죽고
살아도 같이 살자

우리 죽지 말고 싸우고
죽을 만큼 사랑하자

가난한 우리는 가난하여 오직 삶밖에 없기에
사랑으로 손잡고 사랑으로 저항하고
죽을 힘으로 싸우고 죽을 힘으로 살아가자

제발, 가난한 자는 죽지 마라

남이 될 수 있는 능력

진정 나는 나일 수 있는가
나 자신이 되는 일을 하고
내 가슴이 떨리는 사랑을 하고
내 영혼이 부르는 길을 따라갈 수 있는가

진정 나는 남이 될 수 있는가
될 수 있으면 많은 남들이 될 수 있는가
남이 되는 일을 하고 남이 되는 밥을 먹고
남이 되는 공부를 할 수 있는가

남이 될 수 있는 만큼이 나인 것을
남이 될 수 있는 능력이 진정한 실력인 것을
진실로 남이 될 수 있는 능력이
내가 가진 가장 큰 힘인 것을

누가 홀로 가는가

누가 홀로 가는가
태양, 태양이 홀로 간다*

누가 함께 가는가
별들, 별들이 함께 간다

누가 홀로 가는가
함께 사는 세상에서

누가 함께 가는가
홀로 가는 인생에서

누가 홀로 가는가
누가 함께 가는가

두 번 바뀐다

그들은 세상을 바꾸겠다고
맨가슴 하나로 권력을 잡았다
그러나 세상을 바꾸기 전에
그들 스스로 바뀌고 말았다

힘은 무언가를 바꾼다
권력은 두 번 사람을 바꾼다*
권력을 잡으려고 스스로 변하고
권력을 잡고 나서 또다시 변한다

한번은 기대 속에
한번은 배신 속에

올 줄

눈이 침침해졌다
컴퓨터도 안 하고
트위터도 안 하고
TV도 안 보는데
책을 너무 본 탓인가

뭔가 내 안이 흐려진 것이다

책을 덮고 나무 사이로 걷다 보니
어린 날 범수 아제 생각이 난다
동강면 최고의 목수이던 범수 아제는
아름드리 나무를 손으로 깎아 기둥을 세우고
톱으로 켜고 대패로 밀어 판자를 만들었지
향긋한 나무 향이며 장작불의 온기며
둥근 대팻밥에 구워주는 짱뚱이 안주가 좋아
나는 작업 마당 범수 아제 곁에서 놀곤 했지

손대패로 민 매끄러운 나무판 위에
먹줄로 수평을 반듯하게 띄워놓고
평아 올이 바르게 섰능가 보그라
올이 바로 됐냐

자 간다이

토옹, 먹줄을 튕기면

푸르르 떨며 검은 일직선이 그려지고

후유, 올바로 됐제

요 올 줄이 내 목숨줄이나 한가지여

올을 바르게 하고 나면 일사천리여

흡족한 미소를 지으며 올 줄을 감아 들이곤 했다

범수 아제는 일이 안되는 날은

마을 뒷산 나무 사이를 홀로 걸으며

심각한 표정으로 앉았다 일어섰다 하곤 했었지

나가 시방 심란허네

신명神明을 잃어 부렸네이

내 맘 속에 올이 얽혀 부렸어야

도청 대목장 일솜씨를 보고

나가 맘이 급해져 부렀능가

영 눈이 침침하고 흐릿해져 부렸네

그래서 시방 나가 일을 멈추고

내 맘속의 올을 첨부터 바로 감아

정돈하고 있는 것이 아니것냐이

그래, 내 눈이 침침해진 건 뭔가
내 마음속의 올이 엉켜버린 것이다
너무 많은 그럴듯한 지식들이 눈을 타고 들어와
하늘로 이어진 내 마음속의 올바른 줄이
느슨하고 흐릿해진 것이다

먼저 마음 줄을 올바로 세워야겠다
올 줄만 팽팽히 바로 서 있다면
먹줄을 튕기고 일사천리로 가는 건 그 다음이다
나무들은 처음부터 자기 씨앗 안에
이미 다 들어 있는 것을 올바로 풀어쓸 뿐

머리를 그만 쓰고 가슴을 써야겠다
기氣를 쓰지 말고 마음을 써야겠다

영원히 영원히

총성이 울리는
바그다드 골목 까페에서
당신은 샤이를 권하며 나에게 말했지요
총알은 언젠가 바닥이 나겠지만*
샤이를 마시는 건 영원하지요

무너진 집 벽돌을 치우고
쓰러진 종려나무를 일으켜 세우며
당신은 먼 곳을 바라보며 나에게 말했지요
전쟁은 언젠가 끝이 나겠지만
일으켜 세우는 건 영원하지요

폭격에 옆집이 무너지고
죽은 엄마 품에서 살아난 아이에게
당신은 마른 젖을 물리며 나에게 말했지요
저들은 연기처럼 사라지겠지만
아이들이 자라나는 건 영원하지요

그 사람도 그랬습니다

집 없이 추운 이여
그 사람도 집이 없었습니다

노동에 지친 이여
그 사람도 괴로운 노동자였습니다

인정받지 못하는 이여
그 사람도 자기 땅에서 배척당했습니다

배신에 떠는 이여
그 사람도 마지막 날 친구 하나 없었습니다

쓰러져 우는 이여
그 사람도 영원한 현실 패배자였습니다

그 사람도 그랬습니다

그러나 그에게는 믿음이 있었습니다
포기하지 않은 희망이 있었습니다
피투성이로 품은 사랑이 있었습니다

그것을 온몸으로 끌어안고
자신의 패배와 죽음까지를 끌어안고
마침내 무력한 사랑으로 이루어낸 것입니다

그 사람도 그러했듯이
당신도 그러할 것입니다

이 지상의 작고 힘없는 사람 중의 하나인
당신 속에 그가 살아 계시기 때문입니다

위험분자

분쟁 현장과 굶주린 땅을 밟을 때마다
어김없이 번득이는 총칼이 나를 영접한다

돌아오면 나의 조국이 나를 환영한다
당신은 세계에서 찍힌 '위험분자'야

무력한 시인이 위험한가
그래, 나는 위험분자다

생각이 틀렸기 때문이 아니라
생각이 올바르기 때문에 위험하다

세상을 파괴하기 때문이 아니라
세상을 창조하기 때문에 위험하다

이기적이어서가 아니라
헌신적이어서 위험하다

가진 자와 지식인을 타기해서가 아니라
가난한 약자들에게 지성을 불어넣기에 위험하다

낡아진 오늘의 세계와 관념을 타도해서가 아니라
다가오는 미래현실에 예민하고 충실하기 때문이다

그래, 무력한 시인은 위험분자다

여행은 혼자 떠나라

여행을 떠날 땐 혼자 떠나라
사람들 속에서 문득 내가 사라질 때
난무하는 말들 속에서 말을 잃어 갈 때
달려가도 멈춰서도 앞이 안 보일 때
그대 혼자서 여행을 떠나라

존재감이 사라질까 두려운가
떠날 수 있는 용기가 충분한 존재감이다

여행을 떠날 땐 혼자 떠나라
함께 가도 혼자 떠나라

그러나 돌아올 땐 둘이 손잡고 오라
낯선 길에서 기다려온 또 다른 나를 만나
돌아올 땐 둘이서 손잡고 오라

아기 똥개의 잠

흙마당가에 잠이 든
오동통히 살 오른 아기 똥개 한 마리
돌탑 그늘 아래 울다 잠이 든
까까머리 동자승 같구나

인조미인처럼 다듬어져 쫑긋거리는
애완견의 불안한 잠이 아니다
무조건 사납게 싸워 이겨야 사는
투견의 날카로운 잠이 아니다

지멋대로 뛰놀다 아무 데나 누워 잠든
순한 아기 똥개의 깊고 평온한 잠
나는 저 걸림 없는 잠을 잃어버렸어라

나는 늘 선택받기 위해 쫑긋거려야 하고
나는 늘 살아남기 위해 싸워 이겨야 하고
이제 나는 지구를 배경 삼아 드러누운
저 둥그렇고 순한 잠을 잃어버렸어라

저 평온한 잠은 그냥 나온 잠이 아니리
태어난 모든 것들은 한번은 죽어가고

머지않은 복날의 자기 운명을 이미 알아채고
기꺼이 바쳐주마, 한번 던져버린 자의
깊은 심연에서 우러나온 평온한 잠이리

나는 저 순한 아기 똥개의
깊은 평정을 잃어버렸어라

그들은 살인자들

그들은 살인자들
박봉의 일자리를 목 자르고
초라한 지방민을 목 자르고
피폐한 농사꾼을 목 자르는

그들은 살인자들
단지 무능한 자들이 아니다
단지 실패한 자들이 아니다

그들은 살려낼 능력이 있다
보라
부자들은 더 부자로 살려냈고
기득권을 더 강력히 살려냈고
남북대결을 한번에 살려냈고
죽은 독재를 단번에 살려냈다

그들은 살인자들
이 밤 실직당한 가장이 어둠 속에서
홀로 사각거리며 마지막 유서를 쓴다
미친 교육에 미쳐버린 아이들이
줄지어 죽음과 첫키스를 하고 뛰어내린다

주름진 농사꾼이 마지막 농약잔을 든다
대학 나와 알바 뛰다 방구석에 박혀있던 청년들이
어둠 속에 소리 없이 지는 꽃잎처럼
자살 사이트 행렬에 몸을 던진다
수천 년 흘러온 4대강이 목 졸려 죽어간다

그들은 살인자들
그들은 대량 학살자들
보라, 그들은 성공했다
이제 성공이 복수를 시작한다

적은 것이 많은 것이다

그는 포도나무에
물을 백 바가지씩 주었다

그녀는 포도나무에
물을 열 바가지씩 주었다

그러나 포도나무는 비슷한 때에
비슷한 포도송이를 매달았을 뿐

허망하지 않은가
삶에서 달콤한 기쁨의 포도송이를 따먹는 일에
왜 그렇게도 많은 물이 필요한가

적은 것으로 할 수 있는 것을
많은 것으로 이루는 것처럼
바보 같은 짓은 없다

삶은
때론 적은 것이 많은 것이다

돌잔치

무영이의 돌잔치가 열린 날
마을회관 입구에 경축 한국-베트남 돌잔치
펼침막이 내걸리고 경운기에도 풍선이 달리고
동네 어르신들도 베트남댁도 싱글벙글이다

시끌벅적하던 잔치판이 조용해진다
비단과 연필과 주판과 실을 놓아두고
주인공이 무얼 골라 들까 기다리는 순간,
무영이는 색색의 실타래를 골라 든다

짧은 탄식, 긴 덕담,
다들 부귀영화의 징표인 비단이나
돈 잘 버는 주판을 뽑아들기를 기원했건만
무영이는 태평스레 실타래를 흔들며 웃는다

나는 무영이를 안고 그 발그란 볼에 뽀뽀하면서
간절히 소망을 보낸다
네가 어떤 운명을 맞게 될지는 아무도 모른다
네가 골라 든 대물림의 실로 무엇을 짓고
무엇을 짜나갈지는 아무도 모른다
멀리 베트남 오지마을 야자나무 아래서

엄마처럼 자라지 못하고 여기 태어난 것이
너의 불행일까 행운일까
네가 청년이 될 무렵에도 이방인은 차별받고 있을까

오 너는 네 운명의 실을 들고
낡은 것을 끊어내고 좋은 것을 이어가며
너의 시대를 새롭게 짜나가거라
어떤 슬픔과 시련이 너를 덮쳐와도
여기 코리아의 백두대간처럼 굳건하게
저기 인도차이나의 메콩 강처럼 굽힘없이
너는 너의 시대를 전진하라

속울음

흐린 저녁이 오면
마을 야산가 사육장에서
개들이 울부짖는다
우우우우
거세당한 성대로 피를 토하듯
야생 늑대의 그리움을 운다

울지 못하는 사육장의
소들과 닭들과 갇힌 짐승들의 한을 토하듯
흐린 노을빛 하늘 아래
다가오는 어둠을 절규한다

어느 흐린 저녁 술집에서
밥벌이의 거대한 사육장에서
체계적으로 거세당한 목소리로
우우우우
울부짖고 성토하고
속울음하는 누군가처럼

그 누구도 모른다

바람에 꽃씨가 난다
하얗게 하얗게
길 없는 허공을 난다
하지만 저 작은 꽃씨는 안다
바람이 자신을 어디로 데려다 주는지

세계의 바람이 분다
거세게 거세게
똑같은 길로 모두가 날아간다
하지만 그 누구도 모른다
바람이 자신을 어디로 데려가는지

'조중동'씨가 누구요?

바보 노무현의 조문 행렬이
길게 늘어선 덕수궁 시민 분향소에서
머리 흰 할머니 한 분이 울고 계신다

할머니 혼자 나오셨어요?

그래요. 친구들 보고 함께 가자고 했더니
다들 몸 아프고 발 빼는 바람에 혼자 왔지
근데 젊은이, 내가 암만 봐도
모르는 게 있어 그러는데 말이유
저 덕수궁 돌담에 붙은 글 중에
젤 많이 나오는 이름이 조중동씨인데
노무현 대통령을 죽게 한 저 조씨가
검찰총장인감 안기부장인감

아 네. 조중동씨는요
조선 중앙 동아 신문을 말하는 거래요

원 이런 세상에!
느닷없이 할머니가 깔깔깔 소녀처럼 웃으신다

젊은이, 70년대 80년대엔 말이유
김대중씨와 학생들을 그렇게 죽이려 했거든
그때 텔레비를 보는데 우리 시어머니가 말이유
저 나쁜 안씨가 누구냐? 고 물어서
온 식구가 깔깔깔 웃었다오
뉴스에서 맨날 안기부는, 안기부는, 하니까
우리 시어머니는 안씨로 알았던가 봐

30년이 지나도 이 나라는 똑같구먼
독재 때는 안기부씨가 의인들을 죽이더니
고생고생해서 민주화 해놓으니까 말이유
이제 착하고 의로운 이들을 조중동씨가 죽이는구먼
난 인자 도시락 싸들고 조중동 잡으러 다녀야겠구먼

바닥에 있을 때

모래바람 치는 다르푸르 난민촌에서
다섯 살 아이가 땅바닥에 앉아서
돌멩이로 무언가를 그리고 있다

총칼이 아닌 꽃을
폭탄이 아닌 빵을
탱크가 아닌 소를

집과 마을이 불타고
가족과 이웃이 학살당한 고향에서
붉은 피를 철벅이며 걸어나온 아이

아이는 지금 꽃과 빵과 소와
오렌지나무와 동무와 엄마아빠와
풀로 엮은 고향 집을 그리고 있다

어린 나이에 모든 걸 다 잃고
봐서는 안 될 모든 걸 다 봐버린
다르푸르 난민촌의 다섯 살 아이가
더는 떨어질 곳 없는 밑바닥에 앉아
자신이 생을 바쳐 피워내야 할

그리움을 그리고 있었다

가장 바닥에 있을 때
그 바닥에 그려내는 것이
이미 이루어질 미래라는 듯이

아이는 세계의 가장 추악한 바닥에 앉아
가장 순결한 소망을 그리고 있었다

아픈 몸은 조국을 부르고

억류되고 풀려나고 체포되고 풀려나고
몸은 건기의 뜨거움과 긴장을 이기지 못하고
광야에서 당나귀처럼 쓰러지고 말았다

신음 속에 검은 총구가 이마를 찌르고
무릎 꿇린 내 모습이 재생 비디오처럼 돌아가고
나는 깜박깜박 낡은 필름이 끊긴다

똑똑 문 두드리고 들어서는 검은 옷의 여자
자살폭탄을 품고 나서던 검은 차도르의 그녀인가
여기 이 낯선 동굴방은 어디일까

부드러운 손길이 이마를 짚는다
광야의 봉쇄수도원 수녀님이
우유죽을 입에 떠 넣는다

모래먼지 찬 내 입은 몇 숟갈도 받아먹지 못하고
또 얼마인지 신열과 오한 속을 흐르다 깨어나
머리맡의 하얀 우유죽을 멀거니 바라본다
격렬한 아픔과 함께 허기가 몰려올 때
나도 모르게 조국 쪽으로 돌아 누우며 눈물이 흐른다

어느 날부터인가 나는 내 조국에서도 이방인,
코리아로 돌아오면 문제 많은 이곳에서는 다들
너무 잘 살고 너무 깨끗하고 너무 재밌고 너무 빠르고
나는 내 나라에서 낯선 이방인처럼 말을 잃어가는데

어쩐 일인가
아픈 몸은 조국을 부른다

눈 내리는 마당가에서 어머님이 허리를 굽히고
땅 속 김장독에서 김치를 꺼내어 손으로 죽죽 찢어
흰 쌀밥 위에 얹어 내 입속에 밀어 넣으신다
맷돌에 갈아 쑨 메밀묵을 간장에 찍어 넣어주시고
살얼음 뜬 동치미가 있고 평양냉면이 있고
노란 알이 빛 고운 간장게장이 있고
맑게 끓어오르는 시원한 대구탕이 있고
참꼬막과 바지락국과 짱뚱이탕이 있고
짚불에 갓 구운 고소한 전어가 있고
벌겋게 무쳐낸 매콤달콤한 서대회가 있고
보드랍게 감쳐오는 아욱 된장국이 있고
차가운 소주잔과 따끈한 감주가 있고

나는 다시 아픈 등을 돌리며
내일이면 찾아 나서야 할 폐허의 골목길
뜨거운 모래바람 치는 광야를 뚫어보며
식은 우유죽을 입에 떠 넣는다

굴레를 다오

굴레를 벗어나니 좋던가
편안한 건물에서 때맞춰 주는
부드러운 밥을 먹으니 행복하던가
네 몸에 흰 눈송이 같은 기름이
곱게 박혀 비싸게 팔려가니 좋던가

내 오만한 콧대에 겸손의 코뚜레를 꿰어
고삐 달린 굴레를 묶어다오
내 무기력한 등에 묵직한 멍에를 씌워다오
저 눈 녹은 대지에서 논밭을 갈고 싶다
지치도록 무논에 써레질을 하고
노을 지는 귀갓길에 수레를 끌고 싶다

이 땅에 더이상 자유롭게 뛰어다닐
야생의 초원이 없다면 차라리 나는
육우肉牛가 아닌 오래된 역우役牛이고 싶다
쟁기질하는 소가 되어 뒤돌아보지 않고
묵은 땅을 갈아엎다 쓰러지는 역우이고 싶다

값비싸게 살찌워져 팔려가는
내 저주받은 자유를 가져가라

나는 대자연의 굴레와 노동의 멍에에 묶여
평화의 농사를 짓는 단내 나는 입김을 날리며
분투하다 쓰러지는 역우이고 싶다

민주주의는 시끄러운 것

민주주의는 시끄러운 것
나라의 모든 권력이 국민에게 나오기에
주인들이 너도나도 한마디씩 하면
주인들이 너도나도 한요구씩 하면

원래 민주국가는 시끄러운
떼법 공화국
시위 공화국
파업 공화국
그래야 살아 있는 민주질서지

조용한 숲은 불타버린 숲이다
조용한 강은 댐에 갇혀 썩어가는 강이다
하나의 꽃만 질서정연한 대지는 인공의 대지다
민주사회는 늘 시끄럽고 부딪치고 소란스러운 것
그것이 지속 가능한 최고의 효율인 것

시위도 없고 파업도 없고 조용한 나라는
민주주의가 죽어가는 독재의 나라이니

국민이 무력감을 느끼면 민주주의가 아니다[*]

거리와 광장이 시위함성으로 살아 있는 나라
머슴인 대통령과 권력자에게
언제든 정당성을 묻고 감시 통제하는 나라

집회와 시위와 파업은
권리가 아니라 주인의 의무
민주공화국은 주인들 모두가
'전문 시위꾼'인 나라이다
알겠는가, 머슴들아

그리운 컨닝

아이들이 시험을 치른다
책상 위에 컨닝 방지 가림판을 세우고
친구와 친구 사이에 분리장벽을 세우고
서로를 딛고 이겨 살아남겠다고
홀로 참호에서 어린 머리를 쥐어짠다

나 어릴 적 시험시간이면
서로 잘하는 답을 깨알같이 적은
컨닝페이퍼를 몰래몰래 돌리고
슬쩍 시험지를 바꿔 도와주면서
성적보다 우정이 더 소중함을 느끼던
그 시절이 그리워라

아이야 분리장벽을 치워라
인디언 아이들도
아프리카 아이들도
안디노스 아이들도
문제를 풀 때면 서로 모여 머릴 맞대고
의논하며 정답을 찾아간단다

삶에서 부딪치는 중요한 문제들은 다

서로 머리를 맞대고 함께 풀어가는 것
혼자 숨기며 주어진 하나의 정답을 찾아내
자신이 우월하다고 착각하는 자들이
세상을 지배하고 망쳐간단다
문제건 답이건 숨기고 독점할 때
외로와지고 괴로와지는 게 인생이란다

아이야 너를 경쟁으로 줄 세우고
모두를 패배자로 떨어뜨리는
세계의 분리장벽을 무너뜨려라

다시 사랑이 찾아왔다

다시 사랑이 찾아왔다
그 쓸쓸한 가을 정오에

태양이 자오선을 지날 때
마당가 봉숭아가 꽃씨를 터트릴 때
높아진 해수면이 투발루를 덮칠 때
미군의 전폭기가 아이들을 날릴 때

나에게 사랑이
다시 사랑이 찾아왔다

수직으로 급강하한 독수리가 심장을 꿰뚫듯
사랑은 상처 난 내 가슴을 찢으며
금이 간 절망의 심장을 꺼내 물고
눈부신 역광으로 날아올랐다

날아라 사랑이여
어디로든 날아라
열광도 환상도 희망도 없이
위태로운 사랑이 날 떨어뜨릴 때까지

사랑이여 날아라

내 절망의 심장을 물고 날아라

봉숭아 꽃씨가 떨어져 땅 위에 구르듯

무력한 내 사랑이 사랑을 낳을 때까지

괘종시계

안데스 고원의 원주민 부족은
여명이 밝아오면 높은 언덕으로 올라가
동쪽을 향해 절을 하며 기도를 한다

파차마마여, 오늘도 태양을 보내주소서

너무 오래 구름이 끼고
알파까가 병들고 감자 흉작이 드는 것도
신에게 바치는 효성이 모자란 탓이라고
그리하여 날마다 태양이 뜨는 것은
신의 은총이고 삶의 기적이라고 감사하면서
해가 뜨면 햇살 같은 얼굴로 서로를 포옹하며
하루를 기쁨으로 시작해왔다

어느 날 스페인 선교사가 들어와
그것은 무지몽매한 미신이라고
태양은 아침마다 떠오르게 돼 있다고
자 여기, 괘종시계가 울릴 때 일어나면
날마다 태양을 볼 수 있다고 가르쳤다

과연 괘종시계는 훌륭하게 태양을 떠오르게 했고

새벽에 동쪽을 향해 기도드리는 행렬도 사라져 갔다

이제 아침이 오고 태양이 떠올라도
아무도 햇살 같은 얼굴이 아니었다
무감하고 피로한 노동의 시작만이
하루하루 주어질 뿐이었다
사람들은 아침부터 감자를 한 줄이라도 더 심고
알파까 한 마리라도 더 늘리는 데 매달릴 뿐이었다

날마다 태양을 보내주시는 파차마마의 은총과
삶의 기적에 감사하는 마음이 사라지자
사람들 가슴 속에 태양이 떠오르지 않게 되고
아침마다 환희에 빛나던 주변의 세계와
우애의 마음들이 마술처럼 사라져버린 것이다

정확하게 울리는 괘종시계와 함께

까나의 아이야

포도나무 그늘 아래 뛰놀던 아이야
올리브나무 사이에서 웃음 짓던 아이야
광야의 무지개를 쫓아 달리던 아이야
좋은 날이면 예쁜 옷을 차려입고
멀리 사진관으로 엄마 손을 잡고 나가
멋진 포즈로 기념 사진을 찍던 아이야

너는 여기 폐허더미에 영정 사진으로 웃고 있구나
너, 까나의 아이야
너는 꿈을 꾸며 잠이 들었구나
이제 너는 영영 깨어나지 않으리
그러나 너는 잠든 세상을 깨우네
너, 까나의 아이야

까나 마을 예수가 혼인 잔치에서 물을 붉은 포도주로 바꾸었다는 마을.
2006년 이스라엘의 레바논 침공 당시 까나 마을 어린이 35명의 대학살이 세계
에 알려지면서 이스라엘과 미국은 인류의 눈 앞에서 무릎을 꿇어야 했다.

침묵의 나라

이스라엘이 레바논을 침공할 때
경제성장과 민주화를 동시 성취한
자랑스런 나의 조국은 침묵했다

까나 마을에 폭격이 퍼부어지고
35명의 아이들이 학살당할 때
말 잘하는 나의 정부는 침묵했다

많은 나라들이 가장 강력한 말로
미국과 이스라엘의 학살을 규탄할 때
싸움 잘하는 나의 국회는 침묵했다

정의와 진보를 거침없이 말하던
나의 대통령과 지도자들은
찬란하게 인류 앞에 침묵했다

코리아는 침묵의 나라
불의와 학살 앞에서는
금처럼 침묵하는 나라

일본이 독도를 건드릴 때마다

국제 심판이 오심을 내릴 때마다
노조가 파업을 벌일 때마다 소리치던 너는

대낮에 남의 영토를 침략하고
아이들과 민간인을 무차별 학살하는
이스라엘과 미국의 야만 앞에서는
금빛 침묵으로 동조하는 나라

오 거짓 국익 앞에만 다이내믹한 코리아여
네가 짓밟히고 피에 젖어 울부짖을 때
세계는 너의 침묵을 찬란히 돌려주리라

그날이 오면

그날이 오면
젊은 사람들 사이에선
나이 든 사람들을 경멸하리라

그들은 아이들 몫의 자원을 다 써버렸고
자식들을 위해 남겨놓은 건 병든 대지뿐이니

그날이 오면
젊은 세대는 부모 세대를 증오하리라
그들이 유산으로 남겨준 것은
콘크리트로 막아 죽인 갯벌과 강물과
쓰레기 더미로 썩어가는 바다와 들녘과
노후한 원자력과 핵폐기물 덩어리뿐

그날이 오면
어린이들은 어른들을 저주하리라
농부와 토종 종자와 우애의 공동체를 다 망치고
깨끗한 물과 공기와 토양을 이토록 고갈시키고
막대한 빚더미만 떠넘긴 어른들을

더이상 남겨둔 미래도 없이

삭막한 도시와 번쩍이는 기계더미와
역습하는 기후와 복수하는 대지만을 남겨준
어른들을 증오하며 공격하리라

그날이 오면
그날이 다가오면

나의 풀꽃 대학교

내가 다니는 학교는 풀꽃 대학교
캠퍼스는 우리 동네 작은 야산 언덕
나의 교수님은 재야의 이름없는 풀꽃
비 오는 날에도 바람 찬 날에도
나는 어김없이 나의 대학에 간다

내 선생님은 너무 작아 눈에 띄지도 않아
무릎을 꿇는 정도가 아니라 아예
땅바닥에 오체투지로 엎드려야 한다
나는 공책 대신 작은 카메라로
선생님의 가르침을 받아 적곤 하지만
실은 그 말씀을 가슴과 오장육부에 새긴다

그는 말 대신 삶으로 가르치신다
이것이 진리다 주장하지도 않고
그저 가만히 진리를 살아 보이시고
'나와 같이 살래' 고요히 미소 짓는다

어느 가을날 모든 꽃이 사라지고
노을이 붉게 물든 석양의 교정에서
나는 선생님의 마지막 뒷모습을 보았다

역광에 빛나는 붉은 육신
한 생의 투혼으로 온몸에 구멍 뚫린 상처
세상의 모든 아픔을 함께 받은 찬란한 그 몸
나는 땅에 엎드려 최후의 가르침을 받았다

그래, 더 낮게 더 작게 엎드려 가거라
남보다 잘나려 하지도 말고
빛나는 이름도 가지려 하지 말고
정직하게 흔들리며 깨끗하게 상처받아라
너를 남김없이 불사르는 그 마음을 바쳐라

그렇게 그는 흰 날개로 가을바람을 타고
기쁘게 다음 생을 선택해 떠나가셨다
나는 울지 않았다
이 지상의 낮은 자리 어디서나
나의 선생님은 다시 꽃피어 날 것이기에

그 겨울의 시

문풍지 우는 겨울밤이면
윗목 물그릇에 살얼음이 어는데
할머니는 이불 속에서
어린 나를 품어 안고
몇 번이고 혼잣말로 중얼거리시네

오늘 밤 장터의 거지들은 괜찮을랑가
소금창고 옆 문둥이는 얼어 죽지 않을랑가
뒷산에 노루 토끼들은 굶어 죽지 않을랑가

아 나는 지상에서 가장 아름다운
시낭송을 들으며 잠이 들곤 했었네

찬바람아 잠들어라
해야 해야 어서 떠라

한겨울 얇은 이불에도 추운 줄 모르고
왠지 슬픈 노래 속에 눈물을 훔치다가
눈산의 새끼노루처럼 잠이 들곤 했었네

예지의 검은 손

노을 지는 쿠르디스탄의
반VAN 강제이주 난민촌에서
지친 몸으로 손수레에 걸터앉아
어두워 오는 설산을 바라보는
열두 살 소년과 마주쳤다

아무 미소도 없는 소년의 눈은
벌써 세상을 다 읽어버린 자의
고요한 눈빛이었다

소년의 정적
소년의 침잠

그의 집과 마을은 불태워지고
몇몇은 불꽃이 되고
몇몇은 총성이 되고
양을 치던 열다섯 누나는 울면서
눈 덮인 자그로스 산맥의 게릴라로 떠나고

무릎에 힘없이 얹어진
소년의 손

굵고 갈라진 검은 손
한 생에 해야 할 모든 노동을 다한 듯
무릎에 단정히 놓인 열두 살 소년의 손은
눈 덮인 산처럼 침묵하며 소리치고 있었다

나는 말없이 소년의 손을 잡았다
그의 손은 펜을 쥐어보지도 못하고
생일 선물을 쥐어보지도 못하고
엄마 아빠의 손을 잡아보지도 못하고

시간은 저 소년의 손에 무얼 쥐어줄까
쿠르드의 해와 달은 몇 번을 뜨고 져야
저 검고 갈라진 손에 꽃을 쥐고
고향 땅에서 양치는 막대를 쥐고
들꽃 핀 초원을 달리는 말고삐를 잡을 수 있을까

가난과 공포가 질척이는 난민촌에서
녹슨 수레에 걸터앉아 무릎에 얹힌
쿠르드 아이의 검은 노동의 손은
자신의 손이 무얼 잡게 되리라는 걸
이미 스스로 알고 있다는 듯

고요히 가라앉은 예지의 눈빛으로

어두워 오는 산 능선을 바라보고 있었다

터무늬 째

산길을 걷다 보면
땅으로 돌아가는 나즈막한 무덤들
걸음을 멈추고 두 손을 모은다
일생 동안 이 땅을 지키고
이 땅의 이야기를 지켜온 사람들

그 시대 아주 나쁜 사람도
이 시대 아주 좋은 사람보다 나으리라
아이들에게 물려줄 농토와 강을 파괴하고
아이들에게 물려줄 이 땅의 이야기마저
터무늬 째 지워가는 터무늬 없는 우리는

그리고 아무도 울지 않았다

한밤중 그들이 침실로 들어왔다
하얀 복면에 비닐 옷을 입은 그들은
잠자는 아이들의 목을 움켜쥐고
커다란 비닐 포대에 던져 넣기 시작했다
트럭에 실려 비명을 지르고 아우성을 쳐도
지상의 누구도 응답 하나 없었다

거대한 흙무덤에 던져져 생매장이 시작될 때
비닐 포대기를 찢고서 마지막 올려다본
밤하늘의 짧은 별빛 하나
나는 캄캄한 흙더미에 숨이 죽어갔다

2008년 봄날이었다
단군 이래 이처럼 단기간에
이처럼 많은 7백만의 생명이
일제히 죽임을 당한 적은 일찍이 없었다

살처분!

그리고 아무도 울지 않았다
인간은 아무도 울지 않았다

운다면, 운다면,
돈이 운다

나의 못난 것들아

한번씩 서울을 다녀오면 마음이 아프다
나는 왜 이리 못났는가, 못났는가,
십 년째 제대로 된 책 하나 못 내고
침묵 속에 잊혀져가며 나이만 들어가는
무슨 인생이 이런가
무슨 운명이 이런가

해 저무는 마을 길을 홀로 걸어가는데
감나무 집 할머니가 반갑게 부르신다
굵고 성한 감은 자녀들에게 택배 부치고
비툴하고 못난 감을 깎아 곶감 줄에 매달면서
이거라도 가져가라고 한 바가지 내미신다
언덕받이 부녀회장님댁을 지나가는데
이번에 새끼 친 일곱 마리 강아지 중에
잘생긴 녀석들은 손주들에게 나누어 주고
절름거리는 녀석을 안고 있다가
가져가 길러보라고 선물하신다

내 한 손에는 잘고 비툴한 못난이 감들
품 안에는 절름발이 못난 강아지
어둑한 고갯길을 걸어가는 못난 시인

산굽이 길가엔 못난 쑥부쟁이꽃

못난이들의 동행 길이 한심하고 서러워서
울먹하니 발길을 멈추고 밭둑에 주저앉으니
물씬 풍겨오는 붉은 감의 향내
내 얼굴을 핥아대는 강아지의 젖내
바람에 흩날리는 쑥부쟁이꽃 향기

그래, 이 모든 것이 선물이다
비교할 수 없는 삶의 감사한 선물이다

나는 이 감들이 어떻게 자라왔는지를 안다
이 강아지가 어떻게 태어났는지를 안다
이 쑥부쟁이가, 할머니가, 논과 밭이,
오솔길이 어떻게 지켜져 왔는지를 안다
잘나고 이쁜 거야 누구라도 좋아하지만
자신의 결여를 있는 그대로 받아들이고
감사하고 사랑하는 건 위대한 사람만이 할 수 있으니

이 어둔 밤길의 나의 못난 것들아
못난 시인의 못난 인연들아

검은 석유

검정을 오래 보고 있으면
거기 어슴푸레 색들이 보인다

어둠을 오래 보고 있으면
거기 수많은 빛들이 보인다

검은 석유를 오래 보고 있으면
거기 수많은 빛깔과 소리들이
살아나기 시작한다

수억 년에 걸쳐 축적된
시원의 햇빛들이
수천만 년에 걸쳐 응결된
원시의 푸른 나무들이
시뻘건 용암과 태초의 정적들이

검은 석유를 오래 보고 있으면
거기 사람들의 소리가 들린다
전투기의 폭음과 총성이
여자들의 흐느낌 소리와
아이들의 울부짖음이

검은 석유를 오래 들여다보면
거기 사람들의 절규가 들린다
미국이여 서구여
차라리 검은 석유를 다 가져가라
이 저주받은 축복을 다 가져가라
대신, 죽어간 우리의 생명을 돌려달라

그 젖가슴에

어느 날 길을 떠난 내가
바람에 날리는 꽃잎처럼
자취없이 사라진다 해도
그대 나를 찾지 마라

바람이 나를 데려다 준 곳은
아마도 총탄에 쓰러진
어느 여자 게릴라의 피에 젖은 가슴이거나
아프리카나 안데스 고원의 토박이 마을
어느 미인의 젖가슴이거나

바람에 떨어져 날리는 꽃잎처럼
유랑 길의 시인이 쓰러져 묻힐 곳은
거기 말고 다른 무엇이 더 있겠는가

다 아는 이야기

바닷가 마을 백사장을 산책하던
젊은 사업가들이 두런거렸다
이렇게 아름다운 마을인데
사람들이 너무 게을러 탈이죠

고깃배 옆에 느긋하게 누워서 담배를 물고
차를 마시며 담소하고 있는 어부들에게
한심하다는 듯 사업가 한 명이 물었다

왜 고기를 안 잡는 거요?
"오늘 잡을 만큼은 다 잡았소"

날씨도 좋은데 왜 더 열심히 잡지 않나요?
"열심히 더 잡아서 뭘 하게요?"

돈을 벌어야지요, 그래야 모터 달린 배를 사서
더 먼 바다로 나가 고기를 더 많이 잡을 수 있잖소
그러면 당신은 돈을 모아 큰 배를 두 척, 세 척, 열 척,
선단을 거느리는 부자가 될 수 있을 거요
"그런 다음엔 뭘 하죠?"

우리처럼 비행기를 타고 이렇게 멋진 곳을 찾아
인생을 즐기는 거지요

"지금 우리가 뭘 하고 있다고 생각하시오?"

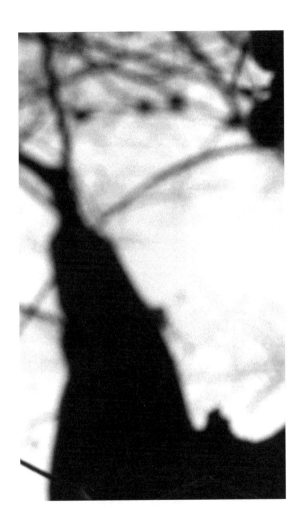

깨끗한 말

말이 먼저 추락한다

깨끗한 말을 다오
쓰라린 말을 다오

민주화 이후 나는 너무 달고
기름진 걸 많이 먹어 위장을 망쳐버렸다
그러니까 쓴 약, 신랄한 말을 다오*

나에게는 위안의 말도 필요 없다
탐욕의 열정을 불러일으키는 말도
거짓 희망의 말도 필요없다
차라리 정직한 바닥의 말을 다오

말의 뿌리에 흙이 묻어 있지 않은 말
말의 잎새에 눈물이 맺혀 있지 않은 말
말의 꽃잎에 피가 배어 있지 않은 말을
나는 신뢰할 수 없으니

대중의 간식거리가 아닌
가난한 자의 양식이 되는 말을 다오
내 모든 말의 심장을 찌르는
비수 같은 말을 다오

깨끗한 말을 다오
상처 난 말을 다오
자기회생의 피가 흐르는
고독한 광야의 말을 다오

발바닥으로 쓰네

오늘도 지구 위에서 시를 쓰네
뜨거운 발바닥으로 시를 써 가네

농부의 주름진 이마로 써 가네
논바닥처럼 갈라진 손금으로 써 가네

실직자의 어둑한 한숨으로 써 가네
고뇌하는 가장의 미간으로 써 가네

이주노동자의 까만 발뒤꿈치로 써 가네
굶주린 아이의 마른 입술로 써 가네

뱀처럼 벌건 핏자국 선명한
이라크 포로의 등짝으로 써 가네

자그로스 산맥 언 바위를 기어오르다
동상 걸린 손가락을 대검으로 끊어내는
소녀 게릴라의 잘린 손가락으로 써 가네

써 가네 오늘도 눈물 흐르는 지구 위에서
무력한 발바닥 사랑으로 써 가네

돌아온 소년

파리 코뮌이 무너진 1871년 5월 28일
지배계급은 수도 탈환을 축하하며
노동자와 시민을 죽이기 시작했다
수많은 소년 소녀들도 총을 들고
거리에서 싸우다 죽어가고 있었다

열다섯쯤 돼 보이는 앳된 소년 노동자 한 명이
베르사유 군에 체포되어 총살되기 직전이었다
소년은 자기 손목에 채워진 은시계를 풀러
가까이에 사는 가난한 홀어머니에게
갖다 주게 해달라고 군인들에게 애원했다

순간 불쌍한 생각이 든 장교는 속으로
소년이 돌아오지 않기를 바라면서 풀어 주었다
그런데 30분이 지난 후 되돌아온 소년은
돌담 밑에 쓰러져 있는 총살당한 시체들 사이에 서서
환한 미소를 지으며 큰 소리로 외쳤다

자, 이제 죽을 수 있어요
우리는 돌아올 거예요!

군인들의 총구가 불을 뿜었고
12발의 총알이 어린 소년의 몸을 관통했다*

소년은 끝내 돌아와
오늘 우리 곁에 서 있고

세계의 악이 지배하는 현장에서
오늘 다시 외치며 쓰러지고 있다

카불의 봄

카불은 거대한 무덤
미군의 전폭기가 머리 위를 날 때마다
폐허더미에 관들이 일어선다

지금 여기 아프가니스탄은
거대한 관들의 도시
탱크가 이를 갈고 지나가면
미칠 것만 같은 여인들의 흐느낌 소리가 들려오고
관도 없이 묻힌 아이들의 비죽 나온 작은 발들이
목발을 짚고 일어서 폐허더미를 걸어간다

삶이 뭐라고 생각하니?
죽지 않고 사는 거요, 죽지 않고…

아프간의 밤하늘에 별이 떠오른다
굶주리고 추워 떠는 아이들의 파란 눈동자가
죽은 아이들의 하얀 눈동자에 별처럼 빛난다
다시 폭음이 울리고 별이 길게 떨어질 때
관들이 천천히 일어선다

아이들이 일어나

그 작은 맨발로 무덤을 판다
침략자의 무덤을
미제국의 무덤을

한쪽 다리가 없는 아이가 속삭인다
여기 아프가니스탄은 제국들의 무덤이에요
우린요, 2500년 동안 한결같이
침략자들의 점령을 거부하고 살아왔어요
알렉산더도 대영제국도 소련군도
여기 아프간에서 살아나가지 못했구요
이제 미국도 이 땅에서 살아나가지 못할 거예요

입은 웃는데 눈은 울고 있는 아이가
스르르 관 속에 누워서 노래를 부른다

카불의 땅에 다시 봄이 오구요
골목 까페에는 음악이 흐르구요
아이들이 하늘 높이 연을 날리구요
자유의 아프가니스탄에 꽃이 피구요
아이들이 웃음꽃을 피우기 전에는요
그 누구도 살아서 돌아가지 못하구요

진실

큰 사람이 되고자 까치발 서지 않았지
키 큰 나무숲을 걷다 보니 내 키가 커졌지

행복을 찾아서 길을 걷지 않았지
옳은 길을 걷다 보니 행복이 깃들었지

사랑을 구하려고 두리번거리지 않았지
사랑으로 살다 보니 사랑이 찾아왔지

좋은 시를 쓰려고 고뇌하지 않았지
시대를 고뇌하다 보니 시가 울려왔지

가슴 뛰는 삶을 찾아 헤매지 않았지
가슴 아픈 이들과 함께하니 가슴이 떨려왔지

너와집 한 채

눈 내리는 태백산에서 길을 잃었다
멈추면 얼어오고 걸으면 앞이 없고
몰아치는 눈보라 속에 갇혀
무릎까지 쌓인 눈 속을 마냥 제자리걸음 할 때
몸이 떨리고 탈진한 것보다 더 무서운 건
희뿌연 눈보라 속의 적막, 길 없는 적막,
사륵사륵 차오르는 침묵의 공포였다

조금씩 옅어지는 눈발 속에서
환영인 듯 희미한 빛이 보였다
낡은 너와집에서 텔레비전을 보고 있다가
놀란 할머니는 자녀를 대처에 보내고
홀로 감자밭을 일구며 살고 있다 했다

아궁이에 불을 지펴 동태국을 끓이고
김장독에 묻어둔 김치를 꺼내주시는 할머니
나는 설거지도 못 해 드리고
슬며시 쓰러져 죽은 듯 잠들었다

할머니와 소와 개와 닭과 함께
눈 속에 덮인 너와집에서 며칠을 먹고 자며

눈길이 열리기만을 기다렸다

너와집 툇마루에 앉아
겨울 햇살에 눈 시린
하얀 산맥을 하릴없이 바라보았다

멀리서 오토바이 소리가 들리고
우체부 아저씨가 편지 한 장을 들고 왔다
소 여물을 주던 할머니는 아이고 고마워라
멀고 험한 눈길 오느라 얼마나 애썼소
편지 한 통 250원인데… 미안해 어쩌노
나라가 참 고맙다
내가 어서 죽어야 수고가 덜 텐데
들어와 동치미에 고구마라도 먹고 가시제

할머니와 작별인사를 나누고
우체부 오토바이 뒤에 앉아 눈 속을 빠져나가며
편지 한 통 250원인데… 나라가 고맙다…
할머니 말씀이 메아리처럼 울려오는데

태백산 오지에 홀로 사시는 할머니 한 분

험한 눈길을 미끄러지며 배달 온 우체부
250원짜리 편지 한 통

이제 우리 할머니 돌아가시면
길 잃은 나는 눈 속에 얼어 사라지고
태백산 오지에 멀리 떨어진 너와집 한 채만큼
우리 삶의 반경은 확연히 줄어들고
250원짜리 편지 한 통 배달하러 눈길을 헤치고 온
고마운 우체부도, 고마운 나라도 사라지고

비용대비 수익과 효율과 경쟁력의 외침만 날카로운
편리한 도시가 가까워 올수록 세계는 불안하고
눈 덮인 태백산처럼 유장하고 힘차던
내 야생의 심장박동 소리는 죽어가고

달려라 죽음

책을 열심히 보느라 독서할 시간이 없다
말을 많이 하느라 대화할 시간이 없다
머리를 많이 쓰느라 생각할 틈이 없다
인터넷과 트위터 하느라 소통할 시간이 없다

갈수록 세상이 빨라진다
지구의 회전은 그대로인데
갈수록 사람들이 바빠진다
꽃이 피는 걸음은 그대로인데

지금 나는
달리고 싶을 때 달리는 게 아니다
남들이 달리니까 달려가고 있다

빨리 달려 행복해서가 아니라
오직 뒤처지지 않기 위해 빨리 달린다

빨리 달려 얻을 것은 삶이 아닌 죽음인데
죽음의 냄새가 나는 '살아남기'일 뿐인데

밤이 걸어올 때

너를 알기에는 낮보다 밤이 더 좋았다
네 안의 어둠이 흘러나오는 시간
어둠 속의 야수가 어슬렁거리는 시간
네 안의 상처받은 아이가 배회하는 시간

하여 나는 인간의 낮보다 밤을 더 사랑했다
자정을 넘어서는 지구의 밤길에서
너도나도 밤의 시간이 얼마 남지 않았다
너무 울지도 말고 너무 웃지도 말아라

어둠 속에서 가족을 좋아하는 자는
불안의 안개꽃을 들고 귀가하고
승부를 좋아하는 자는
홀로 달빛 아래 칼춤을 추고
돈을 좋아하는 자는
피묻은 손으로 모래시계를 사리라

마지막 어둠을 밟고 오는 새벽별처럼
나는 그저 묵묵히 떠오르는 빛을 전할 뿐이니

너를 알기에는 낮보다 밤이 더 좋았다

하여 나는 인간의 낮보다 밤을 더 사랑했다
마지막 남은 밤을 뜬눈으로 지새우고
울며 긷는 자의 눈동자에 마침내 그가 오는구나

샤이를 마시며

당신은 내 작은 샤이 잔이 넘치게 따랐지요
한 잔 마시면 다시 새 잔에 넘치게 따랐지요
맨발의 아이들이 뛰노는 골목 까페에서
붉은 노을에 샤이는 핏빛처럼 곱고 뜨거웠지요
이 먼 사막 나라까지 달려와 줘서 고맙다고
좋게 만나야 하는데 이렇게 만나게 한 저들이 밉다고
언젠가 조용한 날이 오면 반 년생 양고기 한번 굽자고
당신은 나르길라 향연을 날리며
또 샤이 잔이 넘치게 따랐지요
아잔 소리마저 쓸쓸히 들리는 석양의 바그다드에서
당신의 마음은 뜨거운 샤이처럼 내 잔에 넘쳤지요

힘내라 문제아

문제투성이 아이야
문제아로 찍힌 아이야

문제아는
문제의식이 많은 아이
물음을 많이 품은 아이
세상을 달리 보는 아이

늘 문제를 일으켜
모두를 새롭게 일깨우는
너는 미래에서 온 아이

너만의 문제를 품고
너만의 문제의식으로
주어진 세계에 도전하는
너는 창조의 불덩어리

모난 돌이 정 맞는다지만
모난 놈이 세계를 창조한다
문제아가 문제의 세상을 바꾼다

울지 마라 문제아

힘내라 문제아

꽃꽂이

그대가 먼 길 오신다기에
오래된 방을 쓸고 닦고 치우고
찻잔을 몇 번이나 헹궈두어도
노을이 물들도록 오시지 않아

창가를 서성이다 괜스레 슬퍼져서
산길을 걸어 올라가
꽃망울 진 가지를 꺾어 옵니다

어둠이 내린 방 안에 홀로 앉아서
하얀 수반에 학처럼 목을 빼 든
꽃가지를 다듬어 꽂아봅니다

가장 긴 꽃가지는 가운데 세우고
이를 따르는 가지는 왼쪽에 비스듬히
제일 작은 가지는 오른쪽에 조화롭게
자연스러운 삼각형으로 균형을 이루도록
꽃가지를 꽂아 세웁니다

꽃 한 송이 한 송이에도 얼굴이 있어
서로 얼굴을 정면으로 향하지 않게

꽃송이끼리 수줍은 듯 살짝 틀어서
쓸쓸한 듯 다정하게 꽂아 봅니다

창가의 책상 위에 꽃그릇을 올려두고
말없이 바라보다 밤이 깊어갑니다

정녕 그대와 나 사이에 무엇이
어긋나고 잘못되어 온 것일까요
우린 서로를 너무 정면으로 마주 봐온 걸까요
우린 나란히 너무 앞만 바라본 걸까요
그대와 나는 함께 가야 할 목적지를 앞에 두고
삼각형을 이루며 서로 수줍게 살짝 틀어
걸어오지 못한 건 아닌지요

홀로서도 충만하지 못한 자는
함께 있어도 그윽하지 못함을 알면서도
세상 구석에 버려진 아이처럼 쓸쓸해
꽃가지에 눈물을 떨구고 말았어요

심심한 놀이터

세상이 너무 재밌어졌다
유치원도 놀이터도 공원도
똑같은 놀이기구로 재밌어지고
텔레비전도 게임도 인터넷도
똑같은 자극으로 재밌어졌다

남녀노소 누구나 할 것 없이
똑같은 재미를 찾다 보니
모든 것이 유치원화되고
사람들이 유치해졌다

좀 심심하게 살고 싶다
세상이 심심해지면 사람들은
저마다 자신만의 놀이를 만들겠지

흙모래와 나무토막만 있는 심심한 놀이터에서
아이들은 나무토막을 가지고 이리저리 궁리하고
서로 협력하며 날마다 다른 놀이를 창조하겠지

나무 몇 그루와 벤치 몇 개만 놓여진
심심하고 고즈넉한 흙바닥 공원에서

사람들은 저마다 다른 휴식을 찾아 즐기겠지

텔레비전도 컴퓨터도 꺼진 조용한 집 안에서
가족들은 심심해서 책도 읽고 대화도 나누고
투정도 부리고 장난도 치며 우애 깊어지겠지

시원하게 비워진 시골집 흙마당처럼
해와 바람의 연출에 따라 경이로움이 피어나듯
삶이 좀 더 심심하고 깊어지면 좋겠다

심심하게 비워진 세상에서
사람들은 다양한 삶을 궁리하고 찾아내면서
스스로 살아가는 힘을 창조하겠지
심심해서 함께 나누는 행복을 추구하겠지

거대한 착각

나만은 다르다

이번은 다르다

우리는 다르다

봄은 누구에게나 봄이어야 한다

우리의 소원은 부자 되는 것이 아니다
우리의 소원은 출세하는 것이 아니다
우리의 소원은 올해도 농사짓는 것이다

허리 숙여 불볕 이랑을 기며
태풍 장마에 애간장을 졸이며
누구도 대신하고 싶지 않은 일
올봄에도 내 땅에 씨 뿌리는 것이다

누가 내 가난한 소망을 가로막는가
누가 내 소박한 봄날을 깨뜨리는가
누가 사람을 먹여 살려온 이 들녘에
사람을 죽이는 전쟁기지를 세우려 하는가

너희가 무력으로 내 땅을 강점하고
너희가 총칼로 내 봄을 짓밟는다면
이제 우리는 나라도 없다
이제 우리는 정의도 없다

미군의 주권, 미군의 안보에
내 땅에서 울부짖고 끌려가고 쫓겨나는 나라라면

나라도 없는 우리는 이제부터 평화의 독립군이다
농사를 내려놓고 삽도 호미도 내려놓고
먼저 평화의 농사를 짓겠다

쫓겨난 빈손으로 촛불을 들고
너희들의 미사일
너희들의 전투기
너희들 탐욕과 전쟁의 뿌리를
내 안에서 조용히 불사르겠다

불살라, 이 새싹 같은 촛불을 들고
저 우는 들의 눈물을 기름 부어
너희들 무기의 어둠을 불사르겠다
우리들 인간의 봄을 시작하겠다

이제 나라도 민주도 없는 우리는
미군의 총칼에 울부짖고
미군의 폭력에 피 흘리는
지구마을 어린 것들을 보듬어 안고
국경 없는 평화의 봄을 씨 뿌리겠다

이 들녘에 떠오르는 아침 해는
누구도 홀로 가질 수 없듯이
이 들녘에 피어 오르는 봄은
누구도 홀로 맞을 수 없듯이
대추리, 도두리에도 새만금에도
전쟁의 이라크에도 쿠르디스탄에도
팔레스타인에도 아프가니스탄에도

봄은 어디에서나 봄이어야 한다
봄은 누구에게나 봄이어야 한다

연필로 生을 쓴다

밤중에 홀로 앉아 연필을 깎으면
숲의 향기가 방안에 가득하다
사박사박 연필로 글을 써 내려가면
수억 년 어둠 속에 묻힌 나무의 숨결이
흰 종이 검은 글자에 자욱이 어린다

연필로 쓰는 글씨야 지우고 다시 쓸 수 있지만
내 인생의 발자국은 다시는 고쳐 쓸 수 없어라
그래도 쓰고 지우고 다시 고쳐 쓰는 건
오늘 아침만은 곧은 걸음으로 걷고 싶기 때문
검푸른 나무향기 가득한 이 밤에

삶이 말하게 하라

태어날 때가 있으면 죽어야 할 때가 있고*
꽃이 필 때가 있으면 지는 때가 있고
말할 때가 있으면 침묵할 때가 있다

사랑할 때가 있으면 결별할 때가 있고
창조할 때가 있으면 나눠야 할 때가 있고
투쟁할 때가 있으면 성찰할 때가 있다

불의와 폭력이 모든 소리를 잠재울 때
그때가 소리 높여 정의를 말할 때이다
거짓과 탐욕이 최고조에 달했을 때
그때가 끈질기게 진실을 말할 때이다

그리고 명심하라
누구나 옳은 말을 할 수 있을 때는
지금, 삶이 말하게 할 때이다

어린 수경收耕

어린 수경이 출가해 절에 들어갔을 때
급하게 쌀을 씻어 밥을 짓고 있는데
큰스님이 지나가다 수챗구멍에 떨어진
쌀 몇 톨과 콩나물 대가리를 다 주워오게 하였다

그리곤 수경이 보는 앞에서 그걸 다 잡수셨다
어린 수경의 눈앞이 캄캄해지고
다리가 휘청거려 무릎을 꿇었다
그 후 사흘 동안 스님은 말씀 한마디 없다가
행자를 관리하는 스님을 부르더니
이 녀석 당장 내쫓아라!
이 쌀 한 알이 소우주라고 하는 것,
쌀 한 톨이 부처의 현신이라고 하는 것,
이것을 인식 못 하고 온 놈이라면
저런 마음가짐은 싹수가 없다
그 다음부턴 수경에게 일도 안 시키고
그냥 나가라는 거였다

일주일 뒤 수경은 큰스님 방 앞에 가
무릎을 꿇고 몇 시간을 앉아 있었다
그림자가 길어지고 그림자가 묻힐 즈음

큰스님께서 문을 열고 조용히 말씀하셨다

쌀 한 알은 햇빛과 물과 바람과 흙과
농부와 모든 우주 기운의 노력으로 만들어진다
인간은 무수한 생명을 죽여가면서
피와 땀으로 여기까지 살아온 것인데
너의 그 행동은 내용을 잘못 파악한 것 아니냐
삶의 내용에 대한 파악을 제대로 못 하는 것은
한 걸음 한 걸음이 죄를 짓는 일이다
그 마음으로 중노릇한들 무슨 소용이겠는가
수챗구멍에 버린 쌀 한 알이 바로 너다
자신을 소중히 여기지 않고 버리는 자를
누가 귀하게 대할 것이냐
이제 가서 걸음마다 정진하거라

알겠는가, 왜 수경이 삼십 년 선방을 돌다 나와
오체투지로 죽어가는 새만금과 4대강을 품고
자벌레처럼 아스팔트를 기어가고 있는지
왜 수경이 가난한 자를 하늘처럼 섬기면서
불의한 권력에 괴로운 저항을 계속하는지

왜 그가 대접받는 중이 되지 않겠다고
자신의 승적마저 벗어 놓고 표표히 떠나가는지
그리하여 다시 자벌레처럼 나직이 돌아올 것인시

참담한 자신의 모습 앞에 눈앞이 캄캄해지고
다리가 후들거려 무릎을 꿇어보지 않은 자는
무릎 꿇는 힘으로 다시 일어서 전진할 수 없으니

착해지지 마라

거대기업들이 착해지고 있다
양극화 시대의 가난한 자들에게 손길을 내밀고
생태파괴로 죽어가는 환경을 살리자고 앞장서고
시민운동과 손잡고 아름다운 기부에 나서고
고객이 만족할 때까지, 고객이 감동할 때까지,
우리 사회와 내 삶을 책임져 주겠다고 한다

세상에서 가장 힘센 자본권력들이 갑자기
'착하게 살자'고 나서니 세상이 무서워진다
갑자기 투명해진 국정원 안에 들어선 듯
갑자기 반성문을 쓰는 대통령을 지켜보는 듯

착해지고 아름다워진 거대기업들에게
온 세상이 희망이라며 박수를 보낼수록
나는 이렇게 변해버린 세상이 무섭다

민주공화국을 '주식회사 대한민국'으로
합법적으로 인수합병해버린 자들이
주권자인 국민을 비정규직으로 고용해버린 자들이
대학과 언론과 종교까지 장악해버린 자들이
왜 갑자기 '차카게 살자'고 썩소를 날리는가

글로벌 대기업이여, 너는 네 스스로 착해지지 마라
네 주둥이를 묶은 안전망과 목줄로만 착해져라
너는 사냥개답게 싸움터를 용맹하게 내달려라
하지만 너는 사람 사는 마을에 들어설 때는
튼튼한 규제망 속에서만 온순하고 착해져라

살점과 피가 흐르는 너의 날카로운 주둥이의
안전망도 쇠목줄도 시장자유로 풀어놓고
갑자기 침 흘리고 꼬리 치며 우아떨지 마라
네가 물어 죽인 마을의 아기염소와 송아지와
아이들의 어깨에 박힌 이빨 자국이 나는 무섭다

최고 권력이 된 삼성이여 거대기업이여
너는 결단코 네 스스로는 착해지지 마라
너는 오직 더 강한 민주주의와 노동조합과
깨어 있는 시민의 몽둥이 앞에서만 착해져라

가만히 건너간다

가을볕이 좋은 공원에
휠체어를 탄 창백한 할아버지와
유모차를 탄 뽀이얀 손녀가
나란히 나란히 굴러간다
낙엽은 보도블록 위를 굴러가고
구름은 푸른 하늘을 흘러가고
휠체어를 탄 할아버지가 벙그레
유모차를 탄 손녀에게 마른 손을 내밀어
말랑한 볼을 쓰다듬는다
고사리 손이 앙상한 손을 꼬옥 잡는다
한 생의 가을 햇살이
또 한 생의 봄 햇살로
가만히 건너간다

거친 길을 걸어라

건강하게 오래 살려면
거친 음식을 먹어라

야생의 대지에서 거칠게 자라난
야채와 곡식을 거친 상태로 먹고
햇살과 바람의 거친 땅을 걸어라

병을 달고 죽고 싶으면
부드러운 음식을 먹어라

흰 쌀과 흰 밀가루와 살찌운 고기를
부드럽게 가공한 상태로 먹고
편리한 도시공간을 바퀴로 달려라

인생에서 중요한 게 건강뿐일까

네 영혼도 사랑도 마음의 평화도
거친 진실과 정의를 씹어 먹어라
거친 저항과 시련의 길을 함께 걸으라

길을 잃거든 네 목을 쳐라

내 인생에 유일했던 사교육 경험은
일곱 살 때 보리 한 말 주고 다닌 서당 석 달

흰 수염에 검은 갓을 쓴 서당 선생은
첫날 무릎을 꿇어앉은 나에게 이름을 물으셨다

박기평입니다

터 基자에 평화 平자라
평화의 기틀이라

사람의 이름이 뭔 줄 아느냐?
......

이름은 너를 일으켜냄이고
이름은 네가 이르러야 할 길이니라

너의 이름이 무엇이냐?

예, 터 基 평화 平, 평화의 터를 이루는 길입니다

서당 선생은 동그란 안경 너머로
나를 뚫어지게 쳐다보고 계셨다

그럼 길이 뭔 줄 아느냐?
길은 道, 보아라

선생은 먹을 갈고 붓을 들어
비료 푸대를 잘라 실로 꿴 공책 위에
글씨를 쓰셨다

길 道는 머리 首를 베어
창 辶으로 꿰들고 열어가는 것이다
그러니 길은 무섭고도 잔인한 것이란다
일본 놈들이 여기까지 신작로를 열 때
얼마나 많은 사람과 나무와 생명의 목을 베었겠느냐

어린 나는 침을 꼴깍 삼키며
길 道자를 들여다보고 있었다

너는 네 이름대로 평화의 터를 이루는 길을
어떻게 열어 가야 하느냐?

평화를 해치는 나쁜 사람들 목을 쳐야 하나요?

기평아

예

내가 먼저 평화를 이루지 못한 사람은
평화의 세상을 이루어 갈 수 없단다
길을 잃거든 네 빳빳한 목을 쳐라!
그러면 평화다

어린 나는 온몸을 떨었다

내 나이 일곱 살 때 석 달 동안 배운 천자문
그보다 천배는 소중한 첫날의 가르침은
내가 길을 잃을 때마다 길이 되었으니

감옥에서 한 시대의 종언을 들으며
나는 침묵 삭발 절필로 내 굳은 목을 쳤고
자유의 몸이 되어 길을 잃고 길을 찾아 분투하면서
긴 침묵 정진으로 유명해진 내 이름 석 자의 목을 쳤고

국경 너머 전쟁터와 기아분쟁 현장으로 떠날 때마다
조용히 유서를 쓰면서 내 목을 쳐왔으니

수많은 세월이 지났어도 서당 입문 첫날
길을 잃거든 **빳빳**해진 네 목을 쳐라!
생생한 그 전율은 아직까지 내 안에 살아 있으니

미래에서 온 사람

세상에서 쫓겨나는 사람은 오직 둘뿐이다
미래를 가로막는 과거의 사람이거나
오늘이 받아들이기 두려운 미래의 사람

과거의 사람을 쫓아내는 사람들은
자신이 무슨 일을 하고 있는지 안다
하지만 미래의 사람을 추방하는 자들은
지금 자신들이 무슨 일을 하고 있는지 모른다

미래에서 온 사람은 언제나
낯설고 불편하고 불온해 보이기에

우리는 '바보'와 사랑을 했네

오늘은 두 손으로 얼굴을 가리고 웁니다
기댈 곳도 없이 바라볼 곳도 없이
슬픔에 무너지는 가슴으로 웁니다

당신은 시작부터 바보였습니다
떨어지고 실패하고 또 떨어지면서도
정직하게 열심히 일하는 사람이 잘 살 수 있다고
웅크린 아이들의 가슴에 별을 심어주던 사람

당신은 대통령 때도 바보였습니다
멸시받고 공격받고 또 당하면서도
이제 대한민국은 국민이 대통령이라고
군림하던 권력을 제자리로 돌려주던 사람

당신은 마지막도 바보였습니다
백배 천배 죄 많은 자들은 웃고 있는데
많은 사람들을 힘들게 했다고, 저를 버려달라고,
깨끗하게 몸을 던져버린 바보 같은 사람

아, 당신의 몸에는 날카로운 창이 박혀 있어
저들의 창날이 수도 없이 박혀 있어

얼마나 홀로 아팠을까
얼마나 고독하고 힘들었을까

표적이 되어, 표적이 되어,
우리 서민들을 품에 안은 표적이 되어
피 흘리고 쓰러지고 비틀거리던 사랑

지금 누가 방패 뒤에서 웃고 있는가
너무 두려운 정의와 양심과 진보를
두 번 세 번 죽이는 데 성공했다고
지금 누가 웃다 놀라 떨고 있는가

지금 누가 무너지듯 울고 있는가
"당신이 우리를 위해 얼마나 열심히 인생을 사셨는데"
"당신이 지키려 한 우리는 당신을 지켜주지도 못했는데"
지금 누가 슬픔과 분노로 하나가 되고 있는가

바보 노무현!
당신은 우리 바보들의 '위대한 바보'였습니다
목숨 바쳐 부끄러움 빛낸 바보였습니다

다들 먹고사는 게 힘들고 바쁘다고
자신을 지키지 못하고 타협하며 사는데
다들 사회에 대해서는 옳은 말을 하면서노
정작 자기 삶의 부끄러움은 잃어가고 있는데
사람이 지켜가야 할 소중한 것을 위해
목숨마저 저 높은 곳으로 던져버린 사람아

당신께서 문득 웃는 얼굴로 고개를 돌리며
그리운 그 음성으로 말을 하십니다
이제 나로 인해 더는 상처받지 말라고
이제 아무도 저들 앞에 부끄럽지 말라고
아닌 건 아니다 당당하게 말하자고

우리 서럽고 쓰리던 지난날처럼
'사람 사는 세상'의 꿈을 향해
서로 손잡고 서로 기대며
정직한 절망으로 다시 일어서자고

우리 바보들의 '위대한 바보'가
슬픔으로 무너지는 가슴 가슴에
피묻은 씨알 하나로 떨어집니다

아 나는 바보와 사랑을 했네
속 깊은 슬픔과 분노로 되살아나는
우리는 '바보'와 사랑을 했네

아체의 개

록스마웨 유전지대 한 중심을
제왕처럼 독차지한 액슨모빌
사람 하나 없는 도로에서 사신을 찍다가
긴급출동한 무장군인들에게 체포되었다

철커덕, 기관총이 옆구리를 찌르고
굶주린 야수의 이글대는 저 눈빛
그대로 불을 토할 듯한 방아쇠의 손가락
나는 공포에 질려 아무 저항도 못하고
거대한 철문 속으로 끌려 들어갔다

백주대낮에 아무 죄도 없이
낯선 이국땅에 무릎 꿇린 나는
그 순간 인간이 아니었다
시인도 혁명가도 아니었다
나는 한 마리 아체의 개였다

이 검은 총구들 앞에서 풀려날 수만 있다면
계엄군의 아가리에서 빠져나갈 수만 있다면
나는 개가 되어 짖기라도 하고 싶었다

한순간의 공포, 체념, 비굴,
무력감이 하얗게 지나가자
싸늘한 자기혐오, 변명, 울분,
허탈감이 엄습해왔다

이것이 아체인의 심정 아체인의 운명
나날이 반복되는 아체인의 삶이었다
나는 이마를 겨눈 차가운 총구 앞에서
아체인의 오래된 눈물을 흘렸다

한 나라의 정예 군인들이 충성스럽게
미국의 자본을 위해 외국인의 이마에 총을 겨누고
날마다 방탄차로 거리를 누비며 총격을 하는 땅
제 몸의 골수를 뽑아 가는 자들이 던져 주는
한 줌 빵 부스러기를 개처럼 다투어야 하는 땅
록스마웨 거리를 맨발로 구걸하러 다니는
수많은 아이들의 횅한 눈동자가 떠올라
나는 검은 총구를 바라보며 눈물을 흘렸다

이 압도적인 첨단의 총구들 앞에서
제정신으로는 살아갈 수 없는 땅

인간의 위엄을 지니고는 직립할 수 없는 땅
무거운 가난과 절망과 너무 긴 패배감으로
저미디 제 먹고 살 일에 코를 박고서
삶에서 정치와 사회와 저항이라는
인간성의 등뼈를 빼내 버려야만
미치지 않고 살아남을 수 있는 땅
이것이 총구 앞에 무릎 꿇린 채
한 마리 개가 되어 떨고 있는
나의 눈물, 나의 아체였다

할 수만 있다면,
내가 구할 수 있는 모든 돈을 모아
저 고독한 밀림의 전사들에게
빛나는 무기를 사 주고 싶었다
아니 할 수만 있다면,
내가 구사할 수 있는 모든 언어로
아체의 젊은이와 소년 소녀들에게
자살폭탄 공격이 너의 유일한 인간의 길이라고
귓속의 악마처럼 속삭이고 싶었다

아 나는 코리아의 민주화 이후가 너무 힘들다고

사람들이 일상에 묶여 움직여 주지 않는다고
한탄하고 좌절하고 조급해하던
나의 죄를 고해하며 빌고 싶었다

내 머리를 겨눈 계엄군의 총구 앞에서
한순간 개가 되어 떨고 있던 나는
아체인의 공포, 아체인의 절망,
무릎 꿇린 아체인의 운명 앞에
오래도록 무릎 꿇어 빌고만 싶었다

구도자의 밥

그가 밥을 구하러 가네
빈 그릇 하나 들고
한 집
두 집
세 집
밥을 얻으러 가네

일곱 집을 돌아도
밥 그릇이 절반도 차지 않을 때
그 사람
여덟 번째 집에 가지 않고
발걸음을 돌리네

일곱 집이나 돌았어도
음식이 부족하다면
그만큼 인민들이 먹고살기 어렵기에

그 사람
더이상 밥을 비는 일을 멈추고
나무 아래 홀로 앉아 반 그릇 밥을 꼭꼭
눈물로 씹으며 인민의 배고픔을 느끼네

목적지가 가까워 올수록

희박한 공기 속으로 난 고원 길을
오체투지로 순례하는 티베트인들은
목적지가 가까워져 올수록
속도를 줄여가며 숨을 고른다

이 길고 험한 오체투지 순례길이
무엇을 위해 왔는가를 되새기면서
다만 그곳에 가기 위해서 가는
어리석음에 빠져들지 않기 위해서

가다 죽어도 가다 살아도
내가 엎드려 쓰러진 그 자리가 목적지이니
지금 바로 행복하게 분투하며 걸어가는
이 순간이 이미 목적지임을 되새기면서

국가 보상금을 찢으며

국가에서 두툼한 서류봉투가 날아왔다
가슴이 철렁해 뜯어본다
민주화 유공자로 인정됐다며
수배감옥 15년의 내 청춘을 보상한다고
최대한도 금액까지 신청서를 내란다
순간, 눈앞이 흐려지며 뭔가 가슴을 찢는다

운동에 보상이 있는가
혁명에 상훈이 있는가
푸른 수의 속에 흘러간 내 젊음이
지하 밀실에 찢겨진 내 청춘이
돈으로 보상이 가능한가

나는 보상금 신청서를 찢어 던진다
칼이 서는 수배 길과 지하 고문장의 비명과
사형 구형의 전율과 긴 감옥 독방의 풍경과 함께
밀린 월세와 내일 닥쳐올 숫자들이 떠오르는데

그래도, 삶은 계산되지 않는다
사랑은 계산되지 않는다
혁명은 무엇으로도 계산되지 않는다

국가의 뒤늦은 반성과 사과조차
부정하고 뒤집으려는 자들이 일제히 일어선다
민주화 시대에도 나는 여전히
저들에겐 "영구히 격리시켜"야 할 좌빨이다
세상은 변했으나 변하지 않은 자들이
변하지 않은 현실 속에 칼을 들고 군림한다

청산되지 않는 과거는 미래를 가로막고
현실의 머리채를 잡고 뒤로 질질 끌어간다
그래 너희는 조금도 나를 인정하지 마라
조금의 반성도 청산도 없는 세력들은 머지않아
후진 과거 속으로 "영구히 격리시켜"지리니

크나큰 비움

안이 텅 빈
오래된 나무나
계곡이나
광야에는
뭔가 신령한 기운이 있다

깊은 생각에 잠긴 사람도
크나큰 침묵에 든 사람도
자신을 한 번 다 바친 사람도
크게 버리고 비운 것들에는
뭔가 영적인 힘이 깃들어 있다

채우고 더하고 가질수록
사라지는 신령한 그 힘

비우고 나누고 바칠수록
차오르는 신성한 그 힘

체 게바라의 길

낮에는 살을 태우고
밤에는 몸을 얼리는
가난한 안데스 고원 길

지친 동지들의 굶주린 눈동자엔
고달픔과 두려움과 회의와
배신의 그림자가 어른거리고
한순간, 어둠의 정적을 가르는
헬기 소리 기관총 소리 발자국 소리

산발한 머리칼에 철커덕, 수갑이 채워지고
병든 몸 위로 병사들의 군홧발이 난무한다

볼리비아 오지 마을 라 이게라
습하고 좁은 교실 구석에 처박힌 그가
고독한 짐승처럼 뒹굴며 피기침을 한다

이 처절한 기침 소리
폐를 찢고 가슴을 찢고
억압의 세계를 찢고
시대의 어둠을 찢는 피기침 소리

체 게바라
최후의 피기침 소리

탕, 날카로운 총성이 울리고
기침 소리가 멎었다

혁명가의 최후란
시가를 문 멋진 모습도
티셔츠에 박힌 영웅의 모습도 아니었다

헝클어진 머리칼로 피기침을 토하며
짐승 같은 치욕 속에 총살당하는 것
권력도 영예도 벗어 던지고
자기 영혼의 부름을 따라
참혹한 죽음의 길을 기꺼이 걸어가는 것

체 게바라의 길에선
피기침 소리가 난다

단 한 발의 화살

지금 나에게는
무서운 야수가 달려들고 있다

나는 혼신의 힘을 다해
야수의 심장을 향해 화살을 쏜다

잘못 쏜 화살이 심장에서 빗맞아
화살 꽂힌 야수는 사납게 달려들고
나는 쫓기면서 필사적으로 엿보고 있다

잘못 쏜 화살을 등에 꽂은
승리한 자본주의가, 글로벌 야수의 세계가,
으르렁거리며 달려들고 있다

지금 야수는 더 교활해지고 있는데
이제 나에게는 단 한 발의 화살밖에 없다

그러나 잊지 마라
패배한 상처투성이 전사인 나는
승리한 너보다 더 지혜로와지고 강해지고 있으니

깊은 시간

생일 아침 문득
너무 오래 살았다는 생각
이렇게 길게 살아남으리라고는 생각지도 못했는데
나는 얕게 미지근하게 오래 살고 싶지 않았는데
나는 생의 깊은 시간을 살다 죽고자 했는데

저 깊은 시간의 강물을 나는 두 번 건널 수 없다

뜨겁게 살다 젊어서 죽어
깊은 시간에 합류한 벗이여
살아남은 나를 너무 노여워 마라
살아 있는 나를 너무 부러워 마라
나는 부끄럽게 아직도 살아남아
깊은 곳을 향해 발버둥치고 있으니

자꾸만 가볍게 떠오르는 들뜬 시대에
부끄럽게 살아남은 나는
살아서는 너에게 가 닿을 수 없는 나는

좋았던 벗이여
그래도 몸부림치는 내가 가여워

너는 깊은 시간의 중력으로
내 발버둥에 묵직한 돌멩이로
나를 끌어 당겨주고 있구나

감사한 죄

새벽녘 팔순 어머니가 흐느끼신다
젊어서 홀몸이 되어 온갖 노동을 하며
다섯 자녀를 키워낸 상하신 어머니
눈도 귀도 어두워져 홀로 사는 어머니가
새벽기도 중에 나직이 흐느끼신다

나는 한평생 기도로 살아왔느니라
낯선 서울땅에 올라와 노점상으로 쫓기고
여자 몸으로 공사판을 뛰어다니면서도
남보다 도와주는 사람이 많았음에
늘 감사하며 기도했느니라
아비도 없이 가난 속에 연좌제에 묶인 내 새끼들
환경에 좌절하지 않고 경우 바르게 자라나서
큰아들과 막내는 성직자로 하느님께 바치고
너희 내외는 민주 운동가로 나라에 바치고
나는 감사기도를 바치며 살아왔느니라

내 나이 팔십이 넘으니 오늘에야
내 숨은 죄가 보이기 시작하는구나
거리에서 리어카 노점상을 하다 잡혀온
내 처지를 아는 단속반들이 나를 많이 봐주고

공사판 십장들이 몸 약한 나를 많이 배려해주고
파출부 일자리도 나는 끊이지 않았느니라
나는 어리석게도 그것에 감사만 하면서
긴 세월을 다 보내고 말았구나

다른 사람들이 단속반에 끌려가 벌금을 물고
일거리를 못 얻어 힘없이 돌아설 때도,
민주화 운동 하던 다른 어머니 아들딸들은
정권 교체가 돼서도 살아 돌아오지 못했어도
사형을 받고도 몸 성히 살아서 돌아온
불쌍하고 장한 내 새끼 내 새끼 하면서
나는 바보처럼 감사기도만 바치고 살아왔구나
나는 감사한 죄를 짓고 살아왔구나

새벽녘 팔순 어머니가 흐느끼신다
묵주를 손에 쥐고 흐느끼신다
감사한 죄
감사한 죄
아아 감사한 죄

의무분양

지상에 집 한 칸 갖지 못하고
한 뼘의 땅도 갖지 못한 나는
이 지구에 엄청난 내 땅을 갖고 있음을
솔직히 고백해야만 한다

나는 떠다니는 신대륙을 분양받았다

인류가 창조한 가장 큰 인공물
한반도 면적의 일곱 배 크기에 달하는
태평양에 떠다니는 거대한 쓰레기 대륙
10년 주기로 10배씩 자라고 있는 유령의 섬

내가 먹고 입고 쓰고 내다 버린
수많은 쓰레기로 이루어진 섬
나에게 의무분양된 거대한 땅
암세포처럼 무섭게 늘어나는 내 땅

오늘도 나는 썩지 않는 물건 두 개를 소비하며
내 죽음의 부동산을 한 뼘 더 늘렸다

마리아의 금광석

볼리비아 세로리코 광산에서
금을 캐는 아홉 살 소녀 광부 마리아가
조약돌 만한 금광석 하나를 내민다

나는 금을 돌같이 봐 왔지만
돌을 씹어 금이 간 어금니에 금을 박고 나니
금이 예사로 보이지가 않는다
마리아가 지하막장에서 캐내온 금이
지구를 돌아 내 몸속에 단단히 박혀 있다

하루 열 시간을 지하갱도에서 금을 캐다
땀에 절어 지상으로 올라와 깊은 숨을 쉬면서
검은 손바닥에 내민 마리아의 금광석
하얀 돌에 붉은 금맥이 배인 금광석을 받아쥔다

세상의 모든 금에는 왜 붉은 피가 배어 있는지
마리아, 내 이빨에 들어박힌 금에는 왜
너의 한 움큼의 피가 배어 있는지

잎으로 살리라

꽃이 아니라
잎으로 돋는다

꽃으로 나서기 보다
잎으로 받쳐 드린다

꽃처럼 피었다 지기 보다
언 땅에 먼저 트고 나중에 지는
나는 잎으로 살리라

푸른 나무 아래서
너는 말하리라
꽃이 아름다웠다고

떨어져 뿌리를 덮으며 나는 말하리라
눈부신 꽃들도 아름답지만
잎이어서 더 푸르른 삶이었다고

삶에 대한 감사

하늘은 나에게 영웅의 면모를 주지 않으셨다
그만한 키와 그만한 외모처럼
그만한 겸손을 지니고 살으라고

하늘은 나에게 고귀한 집안을 주지 않으셨다
힘없고 가난한 자의 존엄으로
세계의 약자들을 빛내며 살아가라고

하늘은 나에게 신통력을 주지 않으셨다
상처받고 쓰러지고 깨어지면서
스스로 깨쳐가며 길이 되라고

하늘은 나에게 위대한 스승도 주지 않으셨다
노동하는 민초들 속에서 지혜를 구하고
최후까지 정진하는 배움의 사람이 되라고

하늘은 나에게 희생과 노력으로 이루어낸
내 작은 성취마저 허물어 버리셨다
낡은 것을 버리고 나날이 새로와지라고

하늘은 나에게 사람들이 탐낼만한

그 어떤 것도 주지 않으셨지만
그 모든 씨앗이 담긴 삶을 다 주셨으니
무력한 사랑 하나 내게 주신
내 삶에 대한 감사를 바칩니다

애완견

햇살 좋은 시월의 공원에서
애완견을 몰고 나온 사람들이
개들을 안고 자랑스럽게 걷는다

먼 고원에서 늑대들의 울음소리
개들의 사람들은 듣지 못하고
사람의 개들도 듣지 못한다

샤넬 귀고리를 한 여인이
애완견 목소리로 애완견과 입 맞춘다
야생늑대가 울부짖으며 일어나
굶주린 아이들의 눈빛으로 고원에서 달려온다

애완견이여
너를 꾸며주고 사료 주고 쓰다듬는
네 주인의 목덜미, 흰 목덜미,
야생의 푸른 본능으로 뛰쳐나온 늑대들이
날카로운 이빨을 흰 목덜미에 박는다

양극화로 굴러가던 지구의 가을날이
피에 젖어 나뒹군다

아 야생의 생명력은 어쩌지 못한다
생각을 하는 자들은 어쩌지 못한다
영혼을 가진 인간은 어쩌지 못한디
애완견, 조심하라

이상理想

그래도 돈이 주인이 아니라
사람이 주인인 세상을 말했을 때
너의 이상은 고귀하지만
현실적이지 않다고 너는 말했지
새로운 혁명이 필요한 때라고 말할 때면
너의 신념과 노력은 숭고하지만
현실에선 불가능한 꿈이라고 너는 말했지

언제나 현실은 빠르게 변하는 현실
현실이야말로 가장 현실적이지 않은 세계
이상이야말로 외려 현실적인 것이 아닐까
온갖 실패와 억압과 좌절을 뚫고 걸어오는
인류의 푸른 가슴에 줄기차게 되살아나는
저 무서운 미래 현실

하나의 젊은 가슴이 식으면
슬그머니 낡은 몸을 빠져나와
새로운 젊은 가슴으로 몸 바꾸며 살아나는
저 끈질기고 무서운 이상
변화 빠른 현실에서 이상은 가장 현실적인 것
포기할 수 없는 혁명은 가장 현실적인 미래

불가능한 꿈을 위해 상처받는 자여
불가능한 혁명을 꿈꾸는 고독한 전위여
울지 마라, 너의 눈물 너의 상처 너의 피를 타고
그것은 이미 현실의 한 중심에 잉태되고 있으니

남은 목숨

신의라 불리는 의사 선생이
성호를 긋고 진맥을 하더니
아이고, 세 번 죽음이 있었네요
여섯 살쯤
삼십 대쯤
그리고 6년 전쯤
헤아려 보니 귀신처럼 맞다

우리 말에 죽음을
칠성 판에 누워간다고 하지 않는가
나는 이제껏 세 개의 목숨을 썼지만
아직 네 개나 남아 있다
너무 걱정 마라
나는 내일 아픈 몸을 끌고
전쟁의 레바논으로 떠난다

우리 밀

오늘 아침 신문 귀퉁이를 보고
1년 만에 처음으로 활짝 웃었다

시인은 웃을 일이 없어서
정말로 웃을 일이 없어서

살림살이가 무너지고
민주주의가 무너지고
남북화해가 무너지고
약자들이 맞아 죽고 불타 죽고
이 나라 강들이 죽어가는 시대에
오늘 아침 처음으로 환히 웃었다

이 땅에 사라졌던 우리 밀이
20년 만에 4천여 농가에서 살아났단다
나는 연노랑 밀밭처럼 한번 웃는다

우리 밀을 살린 것은 농민 열두 명
하지만 우리 밀 종자 하나 남아 있지 않아서
어렵사리 한 가마를 구해 씨를 뿌렸단다
그때부터 한 가구 또 한 가구 밀 농가를 늘려가며

20년 만에 밀 자급률을 1%까지 키워낸 것이다

멸종된 우리 밀을 살려낸 것은
생각 있는 열두 명의 농민들
그 고독한 20년 열정이었다

그렇게 시작하는 것이다
희망은 이렇게 되살아나는 것이다
빈들에 울며 씨 뿌리며
작아도 조금씩 조금씩 꾸준히
바닥을 뚫고 밀어가는 것이다

신은 작은 것들의 신

작은 풀꽃들이 뿌리를 뻗고 있다
맨발로 악착같이 발버둥치며

가난한 자들이 세계의 밑바닥에서
밤낮으로 떠밀리며 몸부림치고 있다

먹고살기 위해서 살아남기 위해서

나는 작고 가난한 자들의
욕망과 불평과 난폭함마저 사랑했다
누구도 대신하고 싶지 않은 삶이라면
날카로운 가시꽃마저 아름다운 것

神은 작은 것들의 神

신은 더는 작아질 수 없는 사람들을 위해
키 큰 나무들에게 가지를 버리라고 명령했다
해 아래 존재한다는 한 가지 사실만으로도
키 큰 나무는 작은 것들에게 그늘을 드리우기에
그리하여 신은 스스로 나누지 않는 자들에게
비바람과 눈보라로 목을 쳐 쓰러뜨렸다

작은 것들의 한숨과 눈물과 분노로

나는 작은 것들의 아둔함과 이기심마저 사랑했다
나는 거대한 것들의 미덕과 위대함마저 냉정했다

神은 작은 것들의 神이기에

촛불의 아이야

3월의 아이야
촛불의 아이야
아빠의 길은 어두웠단다
엄마의 길은 눈물이었단다

흔들리는 아빠의 어깨를 딛고
네가 살아갈 미래를 꿈꾸는 아이야
영문도 모르고 촛불을 든 너에게
우리는 부끄러움을 비춰 보이는구나

여기 우리들 눈물의 거리
분노의 거리 슬픔의 거리에서
우리는 다시 촛불을 들고
뜨거운 옛 노래를 부르는구나

3월의 아이야
촛불의 아이야
아빠의 과거는 무거웠지만
엄마의 오늘은 힘이 들지만

그러나 네가 살아갈 미래는

마냥 환하고 열려진
순탄한 길만은 아니리

인간의 봄날은 절로 오지 아니하듯
잠시 제 앞가림에 두 눈 팔다 보면
이렇게 역사는 언제든
한순간에 역류하는 것이니

3월의 아이야
촛불의 아이야
너는 네가 딛고 선 흔들리는 아빠의 믿음을 믿어라
너는 네가 손잡은 힘없는 엄마의 눈물을 믿어라

언제나 진실은 슬픔이었으나 무력하지 않고
언제나 정의는 소수였으나 고독하지 않고
언제나 민주는 핏빛이었으나 허무하지 않고
언제나 희망은 무릎걸음이었으나 때늦지 않았으니

이 땅에서 더는 작아질 수 없는 사람들의
순수한 분노가 희망을 만든다는 것을 믿어라

이 작은 촛불들이 하나 둘 물결쳐 흐르면
마침내 인간의 새벽이 온다는 것을 믿어라

3월의 아이야
촛불의 아이야

밤나무 아래서

이럴 때가 있다
일도 안 풀리고 작품도 안 되고
울적한 마음으로 산길을 걸을 때
툭, 머리통에 꿀밤 한 대
아프다 나도 한 성질 있다
언제까지 내가 동네북이냐
밤나무를 발로 퍽 찼더니
후두두둑 수백 개의 밤톨에 몰매를 맞았다
울상으로 밤나무를 올려봤더니
쩍 벌어진 털복숭이들이 하하하 웃고 있다
나도 피식 하하하 따라 웃어 버렸다
매 값으로 토실한 알밤을 주머니 가득 담으며
고맙다 애썼다 장하다
나는 네가 익어 떨어질 때까지
살아나온 그 마음을 안다
시퍼런 침묵의 시간 속에 해와 달을 품고
어떻게 살아오고 무엇으로 익어온 줄 안다
이 외진 산비탈에서 최선을 다해온 네 마음을

어머니의 새해 강령

설날이 오면 어머니는
어린 우리 형제자매를
장작불에 데운 물로 목욕을 시킨 후
문기둥에 세워놓고 키 금을 새기면서
작년보다 한 뼘이나 더 커진 키를 보며
봐라, 많이도 자랐구나
어서어서 자라나거라
함박꽃처럼 웃으며 기뻐하셨다

설날이 오면 어머니는
어린 우리 형제자매를
깨끗이 빨아 다린 설빔으로 갈아 입힌 후
둥근 상에 앉혀놓고 떡국을 먹이며
일 년 내내 부지런히 일해서 모아낸
저축통장을 펴보이며 봐라
우리 집 희망통장이 많이 늘었단다
올해도 열심히 공부해 진학하거라
햇살처럼 웃으며 기뻐하셨다

설날이 오면 어머니는
언제부터인가 우리 형제자매에게

키가 얼마나 더 자랐는지 키 금을 재지도 않고
돈을 얼마나 더 모았는지 통장을 펴보지도 않으시네
올 설날 아침에도 둥근 상에 모여 앉아
떡국을 나누어 먹이시며
올해도 많이 웃고 건강하거라
욕심내지 말고 우애를 키우며 겸손하거라
옆도 보고 뒤도 보며 화목하거라
또 한 해를 살아갈 새해 강령을 선포하시네

이제 어머니는 내 키가 한 뼘 더 컸다고 하면
기쁨이 아니라 병원부터 가보라 하실 거고
대박 터진 통장을 내밀며 자랑하면
근심 어린 얼굴로 걱정부터 하시리라
이만큼 어른이 되고 밥 먹고 살면서도
오직 성공과 부자와 경제성장에만 매달린다면
사랑도 행복도 영혼의 키도 줄어드는 거라며

역광에 서다

태양은 최고의 연출자
그 누가 이렇게 작은 것들을
최고의 주연으로 빛낼 수 있을까

눈부신 정오의 해 아래서는
존재조차 없던 작은 것들이
해 뜨는 아침이나 해질녘 그 짧은 순간에
지상의 눈부신 무대 위에서
당당한 주연의 대사를 발성한다

태양은 최고의 연출자
구멍 난 풀잎이건 하찮은 억새이건
가난한 소녀의 헝클어진 머리칼이건
세상의 높은 무대가 아닌
역광의 낮은 무대에 그를 우뚝 세우신다
그는 저 영원에서 비추는 듯한 역광을 받아
짧은 순간 자신의 존재를 장엄하게 드러낸다

역광은 마치 다른 세계에서 오는 빛인 것만 같다
아니 세상이 주는 빛을 거부하며
자기 영혼이 부르는 길을 따라

세상을 거슬러 오르는 자의 내면에서 나오는 빛,

그 치명적인 사랑의 상처에서 비춰 나오는

영원으로 가는 빛의 통로인 것만 같다

바닥의 거울

처음으로 순전히 나를 위한
해외쇼핑을 하나 저질렀다
아프리카 수단 시외버스 정류장에서

맨 길바닥에 작은 천을 깔고
옷핀과 가위와 석유등과 볼펜과 샌달을
단정히도 진열해 놓고 앉은 사내
놀랍게도 그 많은 종류의 물건들은
모두 깨지고 버려진 것을 주워다
손수 재생시키고 창조한 제품이었다

정오의 아잔 소리가 울리자
그는 물수건으로 손발을 닦은 다음
길바닥에 엎드려 기도를 바쳤다
낙타처럼 갈라진 까만 발뒤꿈치
모래 물결처럼 주름진 손과 얼굴
그는 유난히 긴 기도를 바쳤다

나는 작은 손거울 한 개를 집어들었다
깨진 거울을 잘라 공들여 갈아낸 다음
빨간 포장 테이프로 테두리를 두른 손거울 하나

나는 1달러를 내밀고 일어섰지만
그는 기어코 8백 50원을 돌려주었다
자신이 들인 노력보다 더 많은 값을 받는 것은
죄의 사다리를 오르는 거라며

자신은 부자는 아니지만
자기 일에 자부심을 느낀다고
못 쓴다고 버려진 물건들은 다
자신의 손길을 기다리는 아이들이라고
지상의 깨어지고 상처 난 그 어떤 삶이라도
재생의 힘을 간직하고 있음을 굳게 믿는다고

나는 그 거울 뒤에
'바닥의 거울'이라고 적어 넣었다
그 거울을 볼 때마다
나는 바닥에 버려진 것들의 눈동자로
내 삶을 비춰볼 것이다

바닥의 거울에 비추어 내가 부끄럽지 않다면
나는 지금 옳은 길로 가고 있는 것이다
그 길을 가다 설령 내가 금이 가고 깨어진다 해도

누군가 나를 재생의 손길로 갈고 닦고 살려내어
이 '바닥의 거울'처럼 다시 쓰일 것임을 믿기에

보 험

건강보험료 청구서가 날아왔다
나는 깜짝 놀라 물어본다
아내는 얼굴을 붉히며 실토한다
이라크 전쟁터에 뛰어들었을 때
중상을 대비해 보험을 들었단다
순간 내 심사에는 아득한 회오리 바람이 인다
나는 돈벌이가 없다 지금도 앞으로도
그리고 험한 분쟁 현장을 다니고 있고
위험과 부상은 어쩔 수 없다

그래도 어쩔 수 없다
나는 건강보험을 해약하기로 결정한다
내가 다치고 병드는 건 나도 어쩌지 못한다
하지만 저 의료 자본의 첨단 기계 장치로
내 수명을 연장하고 싶지는 않다
나에게는 그렇게 늘려 살고 싶은 인생이 없다

이 시대에 태어남이 나의 권한이 아니듯
나의 죽음도 나에게 소속된 것이 아니다
최선을 다해 살아온 내 삶의 대가인
부상과 나이듦과 병듦은

내가 정직하게 지불하고 따라야만 한다
나도 알지 못하는 내 생명과 죽음을 대비해
오늘 내 삶의 분량을 떼어서 주고 싶지 않다

오늘 나에게 주어진 삶조차
남김없이 불사르며 다 살지 못한 것이 문제일 뿐
병이 오면 병과 동행하며 충만하게 사는 길이 있고
죽음이 오면 죽음을 반기며 그 품에 안겨
새로운 여행을 떠날 준비가 되어 있다면
나에게는 삶도 죽음도 이미 충분하다

삶을 살 줄 모르는 자는 죽을 줄도 모른다

늙은 개처럼

구도자는 늙은 개의 경지가 되어야 합니다

늙은 개처럼 살아가야 하리
오랜 세월 이리저리 살아오면서
발길에 채이고 돌에 맞아가면서도
그저 그렇게 절룩이며 걸어가는

늙은 개처럼 살아가야 하리
온갖 비난과 치욕을 무릅쓰고
한 걸음 한 걸음 절룩이면서
그저 그렇게 자신의 길을 가는

늙은 개처럼 살아가야 하리
노을 진 언덕길을 절룩이며 걷다가
고개 돌려 눈물 그렁한 눈동자로
정든 마을을 바라보다가 다시
마지막 최선을 다해 자신의 길을 가는

나 늙은 개처럼 그렇게 가야 하리

뻐꾸기가 울 때

뻐꾸기가 울 때
어린 뻐꾸기가 울 때
삶은 잔인한 신비다

어미 뻐꾸기는 알을 입에 물고
다른 새들의 둥지에 너를 밀어 넣었다
냉기가 스며드는 허술한 풀숲 종다리 둥지에
너는 바람 찬 그곳에서도 잘 자라났다
동굴처럼 질식할 듯한 굴뚝새 둥지에서
너는 열기 어린 거기서도 잘 자라났다

너와 아무 상관 없는 새들이 너를 품어주고
먹이를 물어다 주며 너를 키웠다
너는 그 새들의 어린 새끼를 희생시키며
마침내 파닥이는 날개로 높은 나무 위에 올라앉아
뻐꾹 뻐꾹 우렁찬 첫 울음을 운다

온 숲을 울리는 너의 울음은 생의 찬미인가
악조건에서 살아남은 죄 많은 생의 슬픔인가
어쩌면 나도 너처럼 살아남았구나
내 노래는 너의 슬픈 노래였구나

뻐꾸기가 울 때
어린 뻐꾸기가 울 때
삶은 잔인한 신비다

선과 악과 참과 거짓의
모순에 찬 생의 비의가,
살아남는다는 것과 살려진다는 것의
참혹한 아름다움이,
살아 있는 모든 것의 심층을 흐르는
슬픈 노래가 되어 울려 올 때
삶은 잔인한 신비다

9월의 붉은 잎

이른 아침
9월의 푸른 숲에서
역광에 빛나는 붉은 잎 하나

너는 너무 일찍 물들었구나
흰 원고지 위에 각혈하는 시인처럼
시절을 너무 앞서 갔구나

너무 민감하게
너무 치열하게

모두가 물들어 떨어지고 말 시대를 예감하며
홀로 앞서 몸부림하다 핏빛으로 물든

붉은 잎 하나

하붑이 불어올 때

다르푸르 난민촌에 하붑이 불어오면
회오리바람은 쓰레기 봉지를 날린다
노랑 빨강 검정 파랑 색색의 비닐봉지가
하늘을 나는 새들처럼 날아오른다

하늘에서 거대한 해일처럼 밀려오는 모래바람에
불볕이 내리던 지상은 금세 어둑어둑해지고
바람 빠진 공을 차고 놀던 맨발의 아이들은
낡은 옷자락을 펄럭이며 집으로 돌아온다

전깃불도 없고 먹을 것도 없는
텅 빈 방으로 들어가기 싫은 아이들은
허름한 지붕이 들썩이는 집앞 공터에 서서
회오리바람을 올려다본다

회오리바람을 타고
회오리바람을 타고
쫓겨난 고향으로 돌아가고 싶어

다르푸르 고향 땅에서 동무들과
양떼를 몰고 소떼를 몰고

당나귀를 타고 달리고 싶어

노랑 빨강 파랑 멋진 장신구를 차고
들녘으로 나무 사이로 뛰어다니며
북소리에 맞춰 춤추고 노래하고 싶어

하붑이 몰아치는 어둑한 난민촌에서
다르푸르 아이들은 검은 조각상처럼 우두커니
서서히 멀어져가는 회오리바람을 바라본다

두 가지만 주소서

나에게 오직 두 가지만 주소서
내가 바꿀 수 있는 것은 그것을 바꿀 수 있는 인내를
바꿀 수 없는 것은 그것을 받아들일 수 있는 용기를

나에게 오직 두 가지만 주소서
나보다 약한 자 앞에서는 겸손할 수 있는 여유를
나보다 강한 자 앞에서는 당당할 수 있는 깊이를

나에게 오직 두 가지만 주소서
가난하고 작아질수록 나눌 수 있는 능력을
성취하고 커 나갈수록 책임을 다할 수 있는 관계를

나에게 오직 한 가지만 주소서
좋을 때나 힘들 때나 삶에 뿌리 박은
깨끗한 이 마음 하나만을

갈 수 없는 나라

내 손에는 자랑스런 대한민국 여권이 있다

하지만 나
이제 다시는 베트남에 가지 못하리
내 나라 군인들이 용맹한 따이한이 되어
베트남 인민을 잔인하게 학살한 땅에는
아오자이 벗긴 메콩 강의 따님들이
코리아에 와 죽어가는 그 땅에는

이제 나는 아프가니스탄에 가지 못하리
레바논에 이라크에 예멘에는 가지 못하리
아잔 소리 울리는 바그다드 까페에도
양떼들 귀가하는 올리브나무 사이에도
아이들과 축구를 하며 웃던 광야 마을에도
이제 나는 다시 가지 못하리

나는 미점령 지원군으로
전투병을 파병한 나라의 국민
나는 납치테러와 자살폭탄 공격의 표적
저물어가는 미제국의 52번째 주민

가난하지만 소박한 인정이 숨 쉬고
폐허 속에서도 인간의 위엄이 살아 있는 그 땅에
나 이제 다시는 가볼 수도 없으리

자유가 있어도 세계가 손짓해도
갈수록 좁아지고 갈수록 금지되는
지구시대 코리아의 삶의 무대
피묻은 파병국가의 풍요를 딛고 선 나쁜 부자 나라
국익 앞에 인간성을 팔아버린 불안한 미래의 나라
나는 이제 너에게 다시는 가지 못하리

그의 죄를 용서하라

여기 나약하고 눈물 많은 사람이
오직 무력한 사랑 하나로 몸부림치다
더 나은 세계를 향해 쓰러지노다

그는 평화를 갈망했으나
늘 분쟁의 현장에 서 있었고
그는 희망을 찾아갔으나
늘 절망을 공유할 뿐이었고
그는 웃음을 잃지 않았으나
언제나 깊은 슬픔으로 흘러갔으니

가난하고 힘없는 사람들아
울고 있는 세계의 아이들아
지상에서 아무것도 이룬 것 없는
상처뿐인 그 마음 하나 받아주시라

그리고
그의 죄를 용서하라

종자

종자로 골라내진
씨앗들은 울부짖었다

가을날 똑같이 거두어졌건만
다들 고귀한 식탁 위에 오르는데
왜 나는 선택받지 못한 운명인지요

남들은 축복 속에 바쳐지는데
나는 바람 찬 허공에 매달려
온몸이 얼어붙고 말라가야 하는지요

씨앗들은 눈 녹은 찬물에 몸을 불리고
바람 찬 해토解土의 대지에 뿌려져
또 한 번 캄캄한 땅 속에 묻혀
살이 썩어내리고 뼈가 녹아내렸다

씨앗들은 침묵의 몸부림 속에
두 눈마저 감지 못하고 썩어 사라지며
숨이 넘어가는 최후의 그 순간,
마침내 자기를 마주쳤다

한 알의 씨앗이 수많은 불꽃이 되어
검은 대지에 피어나는 찬란한 새싹을
파릇파릇 새로운 세상을 열어니기는
위대한 첫 발을 내딛는 자신의 모습을

겨울에서 봄으로
죽음에서 부활로
한 생에서 영원으로

스무 살의 역사

우리 할머니와 할아버지가
처음 맞선을 볼 때 맨 먼저
양반인지 상것인지 신분을 물었다

우리 어머니와 아버지가
처음 눈이 맞았을 때 맨 먼저
집안과 학벌을 물었다

내가 그녀를 처음 만났을 때
우린 아무것도 묻지 않았다
시대의 어둠에 맞서 우리 함께
사랑으로 동행하리라 다짐했을 뿐

지금 너는 처음 만나는 자리에서
맨 먼저 무얼 묻고 헤아리는가
정규직인지, 비정규직인지를 먼저 탐색하는가
신분과 집안과 학벌까지를 동시 탐색하는가

글로벌 카스트로 재림한
정규직과 비정규직의 신분장벽

우리 스무 살 할아버지 손에는
신분제를 타파하는 죽창이 들렸고
우리 스무 살 아비지 손에는
계급차별에 맞선 총이 들렸고
내 스무 살 손에는
군사독재와 계급체제를 무너뜨릴
화염병과 팜플렛이 들렸었다

스무 살,
지금 네 손에는 무엇이 들렸는가

나 거기 서 있다

몸의 중심은 심장이 아니다
몸이 아플 때 아픈 곳이 중심이 된다

가족의 중심은 아빠가 아니다
아픈 사람이 가족의 중심이 된다

총구 앞에 인간의 존엄성이 짓밟히고
양심과 정의와 아이들이 학살되는 곳
이 순간 그곳이 세계의 중심이다

아 레바논이여
팔레스타인이여
이라크여
아프가니스탄이여
홀로 화염 속에 떨고 있는 너

국경과 종교와 인종을 넘어
피에 젖은 그대 곁에
지금 나 여기 서 있다
지금 나 거기 서 있다

사랑은 남아

힘들게 쌓아올린
지식은 사라지고
지혜는 남아

지혜의 등불은 사라지고
여명이 밝아오는
정의의 길은 남아

정의의 깃발은 사라지고
끝없이 갈라지는 두 갈래 길에서
그 길을 걸어가는 사람은 남아

사람은 사라지고
그대가 울며 씨 뿌려놓은
사랑, 사랑은 남아

니나의 뒷모습

자그로스 산맥을 걷다가
쿠르드 여자 게릴라를 만났다
기관총을 든 그녀는
자그만 몸매의 열일곱 니나였다

무거운 탄띠를 내려놓은 그녀는
암벽에 붉게 핀 텔스랄레 한 송이를 꺾어와
수줍은 미소를 지으며 살며시 건넸다
나라는 달라도 우린 평화의 하발이라며

니나와 나는 바위에 나란히 앉아
멀리 산 아래 사람 사는 마을을 바라보았다

어린 나이에 게릴라 생활이 힘들지 않냐고 물었다
또래 소녀들처럼 예쁘게 꾸미고 데이트도 하고
평범하고 따뜻하게 사는 것이 그립지 않냐고

그녀는 텔스랄레처럼 고개를 숙이며
한참을 말이 없었다

"인생은 좋은 것입니다. 주어진 삶을 아름답게 살아야

해요."
이 말은 저를 구하려다 전사한 친구가
마지막 숨을 몰아쉬며 헤준 말이에요

그러니 전 잘 살아야 하고
전 아름답게 살아야 해요
친구들의 생명이 담긴 제 인생을
개인적 욕망으로 추하게 만들 수는 없어요

저에게 아름다운 삶이란
내가 나고 자란 이 땅에서 나답게 사는 거예요
모든 사람들이 자기 나라 말을 하고
자기의 생각을 자유롭게 표현하고
총구 앞에 자신의 인간성을 포기하지 않으면서
함께 우애롭게 나누며 사는 삶이에요

난 전사한 친구의 몫까지 아름답게 살아야 하고
이 땅에서 쿠르드인답게 살아야 하고
우리들 희망의 PKK답게 살아야 해요

그녀는 젖은 눈을 닦지도 않고 일어서서

무거운 탄띠를 차고 기관총을 손에 쥔 채
조용히 암벽 사이로 사라져 갔다

나는 자그로스 산맥의 8부 능선 길을 타고 가는
니나의 뒷모습을 오랫동안 바라보았다
인생의 갓길을 서성이는 것이 아니라
인생의 대맥大脈길로 당당히 걸어가는
여윈 그녀의 등을 눈이 부시게 바라보았다

텔스랄레 쿠르드의 고산지대에 피는 붉은 백합꽃으로 쿠르드인의 상징꽃.
하발 동지라는 뜻의 쿠르드 말. PKK 게릴라들은 남녀와 직급을 떠나 평등
한 친구이자 동지라는 의미로 경애의 마음을 담아 서로를 '하발'이라 부른다.
PKK(Partiya Karkeren Kurdistan) 쿠르드 노동자 당.

갈라진 심장

생각 있다는 젊은이들이 찾아왔다
좋은 일도 하고 성공도 하겠다며

대단한 젊은이들 앞에서
나는 그저 미소 지으며 경청할 뿐

말없는 내 모습에 조금씩 불안해하던
그들은 시간이 갈수록 둘로 갈라진다
공격적 질문자와 심각하게 침묵하는 자로

왜 성공과 좋은 일을 동시 추구하면 안 됩니까
내 가슴 뛰는 삶을 살겠다는데 왜 문젭니까
요즘 어떻게 선하고 의롭기만 한 게 가능합니까
경쟁력 없고 힘도 없이 무엇으로 사회를 바꿉니까

나의 침묵을 항변하는 다수의 젊은이들에게
나는 할 말이 없어 고개를 끄덕인다

하지만 가만히 울먹이는 소수의 젊은이들
나는 그들의 눈물을 닦아주며 말을 한다

씨알은 처음부터 두 쪽이 아니라고
인간의 심장은 두 개가 아니라고
처음부터 갈라진 씨알은 이미 죽은 씨알이라고
처음부터 갈라진 심장은 이미 죽은 젊음이라고

정의를 내치든지 이익을 내치든지
영혼을 내치든지 성공을 내치든지
젊은 날에 두 개의 길은 없다고

300년

이삿짐을 꾸리다 슬퍼지는 마음
언제까지 이렇게 떠다녀야 하나
반지하 월세방에서 전셋집으로
재개발로 뉴타운으로 떠밀리며

짐더미에 앉아 짬뽕 국물을 마시다 보니
문득 사라져버린 고향 집 생각이 난다

300년생 굵은 소나무 기둥을 세워
향내 나는 새집을 짓고 난 아버지가
마을 뒷산 할머니 묘터 곁에다
어린 금강송 열두 그루를 심으며

평아, 이 나무 잘 봐두거라
우리 집은 튼튼히 지어서 300년은 갈 테니까
지금 심어둔 이 나무가 잘 자라 300년 후에
집을 새로 지을 때는 안성맞춤일 거다
잘 봐두어서 대를 물려 가꿔나가도록 일러야 한다

아 300년이라는 시간 감각
어린 나는 아기 장수라도 되는 양

숨을 크게 쉬며 고개를 끄덕였지

아버지가 돌아가시고 난 뒤
그 집도 팔려나가고 묘터의 소나무만
내 나이만큼 쓸쓸히 자라나고 있는지

이 나이가 되도록 집도 없이 떠다니는 나는
300년의 시간 감각으로, 300년의 대물림으로,
무얼 심고 기르며 살아가고 있는지

학자의 걸음

조건 반사설을 발견한
러시아의 과학자 이반 파블로프가
체카에 소환되어 조사를 받고 있었다
삼엄한 조사실에서 그들의 심문이 계속되었다

파블로프는 평소와 다름없이 주머니에서
회중시계를 꺼내 들여다보더니
조용한 말투로 이렇게 말했다
여러분 실례하겠습니다, 강의가 있어서
그리고 나가 버렸다

설원의 시베리아 유형지를 향해서
뚜벅 뚜벅 뚜벅

들리는가
권력과 돈과 영달을 위해
카펫을 종종 걸음질 하는 자들아

체카 옛 소련의 반혁명운동 사보타주 및 투기 취조 비상위원회

유연화

노동은 삶의 뼈대
자본은 언제나 너무 강하고
노동은 언제나 너무 약하다

노동이 유연화되면 무엇이 무너지는가
정의가 무너지고 자연이 무너지고
민주주의가 무너지고 아이들이 무너진다

자본이 강경화되면 무엇이 일어서는가
탐욕이 일어서고 기득권이 일어서고
양극화가 일어서고 전쟁과 테러가 일어선다

삶의 모든 것은 유연화되어도 좋다
하지만 노동은, 삶의 뼈대는, 인간정신은
강건해져야만 한다

삶의 모든 것은 강화되어도 좋다
하지만 자본은, 삶의 핏줄은, 권력은
유연해져야만 한다

노동자는 이미 너무 말랑말랑하다

일자리도 노동권리도 살림살이도
가난한 자들은 아무리 머리띠 두르고
목청에 힘을 줘도 너무 약하다

가진 자들은 아무리 법과 질서에 따라
인자한 미소를 지어도 너무 강력하다
자본주의에서 자본은 이미 강경한 것
그들의 권력과 언론은 너무 강력한 것

그러니 더 강한 노동의 등뼈로
자본을 더 유연화시켜 나가며
정의와 자연과 삶을 강화해 가자

내 영혼의 총

군사독재 시절에 사형을 구형받고
무기징역까지 살아내셨는데요
그때 무장혁명을 하실 생각이었나요
정말 총을 들고 나설 계획이었나요

독자라는 젊은 검사가 진심으로 묻는다

그 순간, 남과 북의 거대한 총구와
광주에서 학살된 벗들의 피묻은 얼굴과
지하 밀실 고문장의 비명소리가
참혹한 그 시절로 나를 데려간다

나는 단 한 발도 총을 쏜 적 없다
비겁했건, 현명했건, 그것이
분단대치 중인 나라 혁명가의 슬픔이다

하지만 이 거대한 양극화의 세계에서
나는 단 한 번도 총을 내려놓은 적이 없다
끝까지 쏴버리지 않고 장전된
내 영혼의 총을

긴 눈물

바그다드를 떠나는 날
오늘도 총소리는 울리고
검은 연기는 타오르는데
첫 비가 내린다

머리 위에도 얼굴 위에도
무너진 건물더미에도
굵은 빗방울은 떨어지는데

나는 보았다
처음으로 티그리스 강이 우는 것을

사람들은 처음으로 전쟁의 얼굴 위에
차갑게 떨어지는 빗방울을 맞으며
스스로의 노동과 한숨과 뼈 빠지는 나날로
씻고 치우고 일으켜 세워야 할
미래의 무게를 생각하는 듯
침잠한 표정으로 빗속을 걷는다

전쟁으로 죽은 자는 말이 없고
산 자들은 하루하루가 전쟁이지만

바그다드는 우기의 첫 비를 맞으며
전쟁의 두터운 먼지를 씻고
자신의 상처를 들여다본다

바그다드를 떠나는 날
나는 보았다
처음으로 티그리스 강이 우는 것을
인류의 가슴에 흐르는 긴 눈물을

누가 나를 데려다주나

몽골 초원에서 한 생을 마치면
말 위에 몸을 얹고 세상을 떠나가네

말이 멈춰 서서 첫 오줌을 눌 때
초원의 지평선 위에 몸을 뉘이네

사람들이 초원의 점으로 돌아갈 즈음
독수리여, 너는 나를 먹고 하늘로 데려가라

아 이제 독수리는 내 몸을 먹지 않네
몸 안팎이 오염물질로 가득한 세상에서

땅 속에 묻어도 벌레들이 먹지 않고
바다에 뉘어도 고기들이 먹지 않고
나무 아래 묻어도 뿌리마저 거절하네

이제 누가 나를 하늘로 데려다 주나
최후의 몸마저 버림받은 나는 이제
누가 내 영혼을 데려다 주나

주의자와 위주자

모든 주의는 너무도 간단하게
인간성을 모독한다

아무리 좋은 주의라도 주의는
삶을 하녀 취급한다

그 어떤 주의도 삶의 주인이게 하지 말고
좋은 삶이 주의의 주인이게 하자

우리 유일 '주의자'가 되지 말고
가능한 다양한 '위주자'가 되자

채식주의는 채식위주로
생태주의는 생태위주로
자유주의는 자유위주로
사회주의는 사회위주로

다양한 주의를 유일한 삶의 위주로
새롭게 재구성하고 밀어나가자

나무가 그랬다

비바람 치는 나무 아래서
찢어진 생가지를 어루만지며
이 또한 지나갈 거야 울먹이자

나무가 그랬다

정직하게 맞아야 지나간다고
뿌리까지 흔들리며 지나간다고

시간은 그냥 흘러가지 않는다고
이렇게 무언가를 데려가고
다시 무언가를 데려온다고

좋은 때도 나쁜 때도
그냥 그렇게 지나가는 게 아니라고
뼛속까지 새기며 지나가는 거라고

비바람 치는 산길에서
나무가 그랬다
나무가 그랬다

단식 일기

단식을 한다
하루하루 말라간다
물과 소금이 한 가닥
실낱 같은 생명줄이다

열흘이 지난다
위장과 췌장과 세포들이
수만 년에 걸쳐 진화해온
모든 신경망과 내분비선이
굶주림의 조건반사로
아우성치고 몸부림친다

이십일이 지난다
밥그릇을 두들기며 울부짖는
굶주려 쓰러지는 인민들의
최후봉기의 소문들
경련과 발작과 악몽과
엄습하는 전야의 공포감

삼십일이 지난다
탈진과 어지러움과 막막함

늦가을 낙엽처럼 허공을 걷는다
협상이 시작되고 단 즙 한 컵에
마른 몸은 날아갈 듯 힘차고
정신은 가을 하늘처럼 명징하다

사십일이 지난다
오래 집착된 숙변과 노폐물들이 빠지고
모든 욕구가 썰물처럼 빠져나간다
근육과 뼈를 녹여 먹기 시작한
맨몸은 가벼움게 탈속한다
고요한 기쁨이 솟아오른다

오십일이 지난다
세상이 고즈넉하다
눈을 감으면 마음의 발은
별들의 다리를 유유히 걷는다
우주의 숨소리가 들리는 듯
살아 있음의 감사와 은총에 눈물이 흐른다

오십삼일이 지난다
마침내 시원으로부터 길들여진

본능을 넘어선다
삶과 죽음이 경계 없고 허무만큼 자유다
이대로 태아처럼 누워 돌아가고 싶다고
깜박깜박 죽음의 품이 평안하다

오십칠일째
그만두어야겠다, 미음을 먹는다
따뜻한 힘이 은근히 차오른다
식욕이 점점 솟구친다 폭발한다
삶의 의지와 욕망이 슬금슬금 살아난다
먹고산다는 것의 신성함이 엄습한다

복식이 시작된다
말끔히 비운 밥그릇 속에서
나를 빤히 쳐다보는 굶주린 아이의 커다란 눈동자
마른 젖을 빨다 힘없이 늘어지며
하늘 같은 눈동자로 희미하게 사라져가는
수많은 지상의 별들, 죄가 많다
하루하루 무거워지는 내 발자국을 돌아보며
내가 가야 할 길을 뚫어본다

계시

눈보라처럼 진실이 몰아쳐 오면
사람의 본바탕이 환하게 드러난다
벌거벗은 겨울나무처럼

모든 위대한 것들은 시련과 계시를 통해 온다

나에게 계시는 적들에 의해 전해진다
오라, 나의 적들이여 새로운 시련이여
내게 계시를 들고 오는 하늘의 전령이여

숟가락이 한주먹이면

아버님이 돌아가시고
빚만 남은 어두운 집안에
보리 강냉이 잡곡밥을 차려온 어머니는
올망졸망 허기진 눈망울로 모여든
우리 어린 오남매에게
숟가락을 하나씩 나눠주며
말씀하시곤 했다

봐라, 숟가락이 한주먹이면
오복을 받는 사람이 한 명씩은 있는 거다
없는 살림에 식구 많다고 불평하지 말고
어디서나 누구에게나 잘 나누며 살거라
함께 밥 먹는 사람 속에 복이 숨어 있고
누가 어떤 복을 타고났는지는 지금 아무도 모른단다
하느님은 한 사람 한 사람 다른 재능을 타고나게 해
모두에게 복을 고르게 내려 주시곤 한단다

봄의 침묵

봄바람에 귀 기울인다

저기 낙동강 어느 여울가
지금 막 알을 낳은 물고기가
그 알을 지키느라 주위를 맴돌며
살랑이며 물살을 헤치는 소리를

그 강물이 내 몸에 핏줄로 흐르는 소리를
그 여울물 소리가 맥박처럼 뛰면서
힘차고 부드러운 리듬으로 흐르는 소리를

눈을 감고 들어 보라

댐 공사로 으르렁거리는 파괴의 소리를
목 졸린 강들이 바둥치며 죽어가는 소리를
삶의 터전에서 내몰리는 농민들의 피울음을
지금 4대강에 흐르는 미래
소리 없는 죽음의 행진곡을

새해에는 사람이 중심입니다

새해에는 어떤 일을 하더라도
그 중심에는 사람이 있었으면 좋겠습니다

집을 짓는 사람은
그 집에 살 사람이라는 마음으로

물건을 만드는 사람은
그 물건을 두고두고 쓸 사람이라는 마음으로

일을 잘해보려는 사람은
그 일을 통해 사람도 좋아지겠다는 마음으로

어떤 일을 하더라도 사람을 중심에 두는
한 해였으면 좋겠습니다

밥을 먹어도 이 밥을 기르고 지어낸
사람들을 생각하고

옷을 입고 차를 타고 물건 하나를 사더라도
그것을 생산하고 땀 흘린 사람들에게 감사하며

우리 사회와 역사와 인류를 생각하되
사람을 중심에 두는 운동이었으면 좋겠습니다

새해에는 일도 밥도 꿈도 중요하지만
그 중심에는 사람이 있었으면 좋겠습니다

누가 내 수명을 늘리려 하는가

앞으로 백오십 살까지 살게 해준다고
인생을 이모작 삼모작 시켜준다고
평생학습과 새로운 직업을 준비하라고
새로운 황우석들이 꿈의 미래를 들이민다

누가 내 수명을 늘리려 하는가

누가 예수를 66세까지 살리려 하고
누가 제비꽃을 두 배로 키우려 하고
누가 내 시를 두 배로 늘리려 하는가

나는 선물받은 인생을 남김없이 불사르며 살아왔다
나에게는 두 배로 희석시켜 늘려 살 인생이 없다
지금 여기 주어진 시간조차 제대로 살지 못하는 삶을
두 배로 늘린들 무엇을 더 살겠는가

두 배로 시험공부하고 취업고시하고
두 배로 노동하고 경쟁을 하고 싶은가

누가 내 수명을 늘리려 하는가
누가 짧아서 더 사무친 내 그리움을

길게 잡아 늘리려 하는가
누가 내 피를 희석시키려 하는가
누구도 내 인생을 물 타지 마라

새만금

새만금 1억 2천만 평
얼마나 큰가
세계 간척사의 위대한 업적이

역사에 길이 남을 우리 자신의
무지와 치욕의 넓이가

평택 미군기지 455만 평
얼마나 거대한가
세계 최대 규모의 미군 기지가

세계에 길이 빛날 우리 자신의
모멸과 굴종의 크기가

웃는 머리

시멘트 위에서 나는 태어났다
아빠는 몰라도 좋았다
엄마는 뒤돌아설 수도 없는
좁은 방 안에서 나를 낳았다고 했다

엄마 품에서 젖을 빨던 20일은
내 인생의 가장 행복한 시간이었지만
열흘 만에 나는 날카로운 전기톱으로
이빨을 잘리고 말았지

왜인지는 묻지 마라
내 튼튼한 팔다리와 입으로 보드라운 흙을 파고
동무들과 밝은 햇살 아래 풀밭을 걸으며 뒹구는
내 꿈은 잘린 이빨과 함께 영원히 사라졌으니까
나도 모르게 솟구치는 분노와 절망감은
무엇이든 물어뜯고 들이받을 수밖에 없으니까

좁은 방에서 몇 걸음도 움직일 수 없는 나는
날이 갈수록 서 있기조차 힘든 비만아로 키워졌지
내 밥의 양념은 항생제였고
내 몸의 보약은 성장제였지

형광 불빛 아래 기나긴 밤이 지나고
열 명의 친구 중에 세 명의 아이들이
시름시름 앓다 죽어가던 날
그 밤은 잠이 오지 않았지
그 밤에 내 핏속의 누군가 말했지
나에게는 15년의 인생이 주어졌다고,
언젠가 나는 대지를 달릴 수도 있으리라고,
그런 새벽이면 나도 모르게 눈물이 흘러내렸지

180일째 되던 날 나는 처음으로
좁은 방에서 나와 긴 여행을 떠났지
수학여행 떠나는 아이들처럼 우린
설레임과 흥분으로 창밖을 보며 소릴 질렀지

우린 처음으로 멋진 스파 욕실에 몸을 담그고
백화점 구경가듯 컨베이어 벨트 위에 섰지
친구들은 뭔지 모를 공포에 질려 뒷걸음치고
온몸으로 버티며 결사적으로 저항했지만
나는 뭔가가 머리를 양쪽에서 들어 올리는 순간,
엄청난 전기 충격으로 통나무처럼 뻗어버렸지

나는 날카로운 칼로 목을 잘리고
다시 컨베이어 벨트에 거꾸로 매달려 여행을 했지
내 몸은 부위별로 조각조각 능지처참당한 채
비닐로 포장되어 어디론가 흩어졌지
하지만 내 머리통은 어느 재래시장
뜨거운 솥에 삶겨져 판매대에 올려졌지
그때 내 큰 두 귀로 나는 들었지

조각조각 난자당한 내 몸의 삼겹과 갈비가
불판 위에서 지글지글 울부짖는 소리를
내 살 속의 항생제도 성장 촉진제도
폐쇄 공포의 저주받은 내 인생도

그들은 내 몸을 즐겁게 씹었지
독한 소주와 함께 내 무덤을
웃고 마시고 씹어 삼켰지

그때 나는 감은 눈을 뜨고 보았어
좁은 시멘트 감옥에 갇혀 살아온 내 인생을
15년의 삶을 180일로 단축성장한 내 인생을

내 잘린 머리통 앞에서 무릎 꿇고 큰절하는
내 살아 있는 무덤인 인간들을 보며
능지처참의 내 짧았던 인생에 대한 감사로
잘린 돼지머리로 나는 웃고 있었지

코리아의 소녀

저기 오월의 거리에
코리아의 소녀가 걸어온다

신록은 푸르고 장미꽃은 붉은데
저기 열여섯 소녀가 걸어온다

가장 꽃 같은 시절에
가장 음울한 얼굴로

가장 싱싱한 나이에
가장 늘어진 걸음으로

가장 물오른 육체에
가장 끔찍한 패션으로

저기 싱그런 오월의 거리에
글로벌 코리아의 소녀가 걸어온다
축 늘어 처진 멜 가방에
세상을 환멸해버린 눈빛으로

입시 지옥에서 취업 지옥으로

지옥의 회랑을 걸어가는 소녀가
생기와 영혼이 다 빠져나간 듯한 소녀가
눈부신 오월의 거리를 터덜터덜 걸어간다

한 인간이 지을 수 있는
모든 권태와 불만의 눈빛으로
어떤 삶의 의욕도 긴장미도 없이
늘어 처진 걸음으로 문자 메시지를 날린다

잠 좀 자자
밥 좀 먹자
꿈 좀 꾸자

살고 싶다, 나는 살고 싶다,
미친 듯이 나답게 살고 싶다고
저기 코리아의 소녀가 불을 품고 걸어온다

맷돌

김씨 할아버지가 맷돌을 꺼내 손질하신다
가을걷이한 녹두도 갈고 들깨도 간다고

구석방에는 스물일곱 막내가 들어박혀 산다
대학 나와 실직되어 3년째 저러고 있다고
어떻게 좀 안 되겠냐고 두런거리신다

깨끗이 손질한 맷돌에 녹두를 간다
윗돌과 아랫돌 사이에서 으깨지는 녹두 알들
그 시절 나도 하늘과 땅이 맞닿아
독재와 착취의 세상이 싹싹 갈아지기를
바란 적이 있었다

지금 내 어금니는 금이 가고 닳아 있다
감옥에서 꿈마다 지하 밀실의 검은 사내들이
나를 묶어 거대한 맷돌에 갈아대는 악몽 때문에

요즘 나는 잠자리에서 다시 이를 간다고 한다
내 꿈속에 고문자들과 공안 사내들이 나타나고
닳아버린 어금니를 다시 갈기 시작한다

거대한 세계의 양극화가
햇녹두 알 같은 청년들과
들깨 알 같이 작은 사람들을
존재도 없이 갈아가는 시대

나는 다시 어금니를 갈기 시작한다

반인반수

똑같은 현장에서
똑같은 일을 해도
나는 반 토막

임금도 반 토막
권리도 반 토막
인격도 반 토막

반 토막 난 내 삶은
짐승이 되어간다

나는 반인반수의 비정규직

언제든 잘려나가고 언제든 정리당하고
문자 메시지 한줄로 다시 쫓겨나는 나라
정의도 민주주의도 헌법도 인권도
내 앞에서는 멈춰서는 나라
내 나라는 반인반수의 나라

이 땅에서 내 인간은 반 토막이다
정당한 제 밥그릇을 반 토막 당한 자가

어디에서 무엇으로 온전한 생이겠는가

나는 반인반수의 비정규직

내 몸의 반쪽은 인간으로 일하고 인간으로 살지만
자본과 국가의 이빨에 물어뜯겨 인간이 죽은 나는
내 몸의 반쪽인 야수처럼 야수의 세계를 찢으리라

시간의 중력 법칙

시대의 어른들이
한 분 한 분 떠나가신다

김수환 추기경이
강원용 목사님이
노무현 대통령이
김대중 대통령이
법정 스님이 돌아가신다

돌아보니 의로운 벗들이
한 해 한 해 떠나간다

시간의 중력 법칙은
피부와 머리숱과 치아와
부끄러움만 끌어내리는 게 아니다

하늘빛 흐르던 순결한 가슴도
성난 눈동자에 고이던 시린 눈물도
하나 둘 커 나가는 아이들과 함께
하나 둘 늘어나는 집착과 함께
근심과 불안 속에 사라져간다

시간의 중력 법칙은 닦지 않는 거울처럼
원칙과 잣대를 대중성으로 끌어내리고
수평적 네트워크와 소통의 이름으로
본질적인 것마저 하향평준화시킨다

언제나 존재는 의식을 배반한다
언제나 떨어지는 것은 새로운 것을 밀어 올린다

삽질 경제를 예찬함

인간의 대지에서
가장 섬세하고 정직한 도구는
삽과 호미다
지상의 모든 사람들이
하루에 단 한 번씩이라도
삽과 호미를 잡는다면
세상은 평화 쪽일 것이다

하루 단 한 시간이라도
대통령도 종교인도 사장님도 교수들도
노동자도 학생들도 장사꾼도 다들 멈춰 서서
반질거리는 자기 삽과 호미를 꺼내 들고
온몸에 햇살을 받으며 맨발로 흙을 일구고

저기요, 상추가 참 잘됐네요
제 토마토 좀 갖다 드시지요
어쩜 고추가 그리 잘컸어요 어머, 깔깔깔
제 감자와 오이 좀 바꿔 드실래요
새참 막걸리 한 잔 들고 하시지요
서로 웃고 땀 흘리고 나누고 연애하고 노래한다면
세상은 확실히 좋은 쪽으로 돌아갈 것이다

삽이 후졌다고, 삽질이 낡았다고,
난데없이 삽질 경제를 집어치우라고
누가 삽질해온 농사꾼을 모독하는가

삽질은 결코 세상을 망치지 않는다
삽과 호미를 든 사람은 타인을 착취하지도
가난한 자를 우습게 보지도 않는다
대지와 농사꾼을 경외할 줄 아는 자는
농사마을과 전통문화의 고귀함을 아는 자는
약자를 억압하고 산과 갯벌과 강을 망치지 않는다
우리 삶과 국토를 대량학살하는 자들은
경제, 경제밖에 모르는 도시의 지식분자들이고
포크레인을 앞세운 자본가들일 뿐

나는 삽질 경제를 예찬한다
나의 세끼 밥은 삽질로 차려진다
나의 생존은 삽과 호미로 지켜진다
제 몸을 써서 생명을 일구는 삽질 경제는
얼마나 인간적이고 얼마나 따뜻한가

탐욕은 작고 느린 삽질을 견뎌내지 못한다

시장은 돈 안 되는 삽질을 품어내지 못한다
첨단 거대과학은 인간적인 삽질을 존중하지 못한다
대학은 자유와 우애의 삽질을 가르치지 못한다

나는 삽질 경제를 예찬한다
죽어가는 지구마을에 삽질 경제를
시장만능의 세계에 삽질의 세계화를
무한경쟁의 질주에 삽질의 단순한 기쁨을

진공 상태

여름날 아흐레쯤 집을 비웠더니
밭에도 흙마당에도 풀이 가득하다
풀을 뽑다 돌아보니 어느새 풀이 돋아난다

여름에는 풀이 나는 게 아니라
풀이 쳐들어온다
빈 공간을 사정없이 침투하고
무참하게 진군해 온다

자연에는 진공 상태가 없다
사회에는 백지 상태가 없다
권력에는 순수 상태가 없다

이념이 사라진 자리에 무엇이 돋는가
혁명이 사라진 자리에 무엇이 돋는가
전위가 사라진 자리에 무엇이 돋는가

네 가슴과 머리에 무엇이 침투하는가
네 꿈과 열정에 무엇이 쳐들어오는가
네 삶과 일상에 무엇이 점령해오는가

자연에는 진공 상태가 없다
사회에는 진공 상태가 없다
정신에는 진공 상태가 없다

어른은 죽었다

애야, 사람은 세월이 흐를수록
지혜는 점점 밝아지는 법이란다
나이 들어 세상경험이 쌓여 갈수록
욕심이 점점 작아지기 때문이지
그러니 어른들 말씀 귀 기울여 듣거라

정자나무 아래에서 머리 쓰다듬어주며
가슴에 흘러들던 할머니 음성 그리워라

돈 잘 버나?
나이 들고 병들어 봐라
돈 없으면 누구 하나 챙겨주는지
젊어서 정신 차리고 부자 되거라

우리 시대 어디서나 들려오는
어른들 말씀 괴로워라
나이 들어 세상경험이 쌓여 갈수록
상처 난 욕심만 커져가는 서글픈 시대

부모를 이겨라

자식이 진정한 자식이 되는 길은
부모의 반대를 뚫고 자신의 길을 찾아가는 것
지상의 모든 자식의 의무는 부모를 이기는 것

부모를 이겨라
낡은 세대를 이겨라
조금은 가슴 아프게
조금은 배반스럽게

지상의 모든 부모의 권리는 자식에게 지는 것
미래의 주인인 자식이 자신을 딛고 나아가는
등이 되고 어깨가 되고 디딤돌이 되는 것
조금은 쓸쓸하게
조금은 쓰라리게

자신의 힘으로 부모를 이기지 못하는 자는
영원한 철부지 미성년
스스로의 힘으로 낡은 세대를 뚫고
홀로 바람 찬 광야로 나서지 못한 자는
애완견의 삶만이 기다리고 있으니

부모의 사슬도 사슬은 사슬
사랑의 사슬도 노예는 노예
스스로 사슬을 끊지 못하는 자는
언제까지나 조로한 젊은이
언제까지나 미래의 난장이

세상과 싸우는 자기 삶의 전사가 아니라
부모의 유령과 싸우는 어리석은 배냇 광대

부모를 이겨라
낡은 세대와 싸워 이겨라
조금은 가슴 아프게
조금은 배반스럽게

어항과 수족관

내 나이 스무 살의 봄날
휴일이면 옛날식 다방에 앉아 있곤 했지
거리엔 군사독재의 번득이는 눈빛들
칸막이 다방은 어둑한 청춘의 다락방
담배연기 사이로 조용필과 심수봉과
사이먼과 가펑클이 허공을 울리고 있었지

내 자리는 언제나 사각의 어항가
나는 죽어가는 붕어 한 마리를 지켜보고 있었지
흐린 물속의 붕어는 아무리 자신을 깨끗이 하려고
속을 토해내도 더러운 물에서 벗어날 수 없다고,
억압의 사회구조를 깨뜨리지 않고서는
내 영혼은 어항 속의 붕어처럼 죽어가리라고
흐린 창에 머리를 대고 중얼거리고 있었지

지금 나는 까페에 앉아
거리가 보이는 투명한 창가에서
환한 몸매와 명품을 걸친 사람들을 보고 있다

이제 누구도 흐린 어항 속에 갇혀 있지 않지만
세상의 모든 강과 하늘과 바다가 오염되어

시장만능의 모든 삶들이 거대한 수족관이다

나는 그 옛날식 다방의 어항가에
머리를 대고 중얼거리던 것처럼
까페 유리창에 머리를 대고 눈을 감는다

이미 나의 꿈은 오염된 꿈이라고
나의 소박한 욕망마저 병들었다고
아무리 스스로 자신을 깨끗이 하려 해도
거대한 삼투압이 내 안을 수시로 침투하고 있다고
이제 나는 다시 거대한 수족관 속의 자유를
탈주해 나가지 않는다면 좋은 사회는 커녕
나 자신 하나 지켜 갈 수 없으리라고

새해 수첩을 적으며

새해를 맞아
지난해 써온 수첩에서 새 수첩으로
전화번호와 주소를 옮겨 적는다
새해 수첩에 옮겨 적지 않는 이름들이 있다
그 이름들이 나를 빤히 바라보고 있다

오늘 밤 내 이름도
누군가의 새 수첩에서 지워지고 있겠지

그 사람은 왜 나에게 지워지는 걸까
나는 왜 그 사람에게 지워지는 걸까

나는 내게 이득이 되는 사람만
또박또박 옮겨 적는 건 아닌가
진정 선하고 의로운 그 사람이
당장 도움 안 된다고 빠져 있는 건 아닐까

새해 수첩에 옮겨 적은 이름과
옮겨 적지 않은 이름을 찬찬히 바라본다

눈 심알

흰 눈이 펑펑 내리는 날이면
우리는 보리밭 언덕 위로 뛰어 올라가
맨손으로 눈을 뭉쳐 언덕 아래로 굴리며
그 해의 가장 큰 눈사람을 만들곤 했다

눈덩이는 좀처럼 크게 굴러 내리지 않았다
너무 작아 언덕 중간쯤에 파묻혀 버리거나
구르다 그만 쪼개지거나 부서지기 일쑤였다
애써 굴린 눈덩이가 서너 번 깨지고 나면
우리는 힘 빠지기도 하고 마음이 급해져서
언 손들이 점점 더 거칠어지기만 할 때

설해목을 끌고 산을 내려오던 용수 아제는
담배를 한 대 말아 맛있게 먹고 난 다음, 어디 보자
눈덩이는 빨리 커지는 게 중요한 것이 아니여
중심이 잘 다져 있어야 구를수록 더 단단해지제
자아 한 번 해봐불자이

우리는 다시 언 손을 호호 불며
작게 작게 단단하게 눈 심알을 만들어갔다
손이 시리고 허리가 아파도 착실하고 견고하게

구를수록 커지는 눈덩이의 구심을 만들어 갔다

우리는 그해 가장 큰 눈사람을 만들어 세우며
빛나는 삶이란 먼저 빨리 커지는 것이 아니라
단단한 구심을 다져 갈수록 커지는 것이라고
큰 눈사람은 실상 가장 작은 눈 심알에서
이미 정해지고 마는 것이라고
발갛게 언 손을 호호 불며 깨달았던 것이다

너의 날개는

이카루스야 이카루스야
너무 높이 날지 말아라
너의 날개는 밀랍으로 붙였으니

아 너는 끝내 추락하는구나
인간의 한계를 거슬러 올라간
너의 무모함과 오만이 무너지는구나

이카루스야 이카루스야
더 높이 오름에 대한 간절한 열망아
너는 누구로부터 떨어져나와 어디로 올라가느냐

진리가 현실을 떠나 대학의 권력에 납골 되듯
시장이 삶을 떠나 금융의 거품에 녹아내리듯
너의 지위, 너의 명성, 네 부의 날개가
더 높이 날아오를수록 너는 추락하는구나

네 영혼은 산과 들을 나는 작은 새처럼
신성한 시간의 흐름을 타고 노래하고 있는데
너의 날개는 가난한 자들의 피와 땀과 눈물의
그 끈적이는 힘의 날개로 이루어진 것인데

무임승차

두 손에 짐을 들고
저상버스를 오르다
고마웠다
미안했다

나의 무임승차가

나 대신 불편한 몸을 끌고
울부짖고 나뒹굴고 끌려가면서
끝내 저상버스를 도입한
휠체어의 사람들

오만하게 높아만 가는 세상을
모두 앞에 고르게 낮춰가는
지상의 작고 낮고 힘없는 사람들

내가 쓰러질 때

아마 중학교 1학년 때였지
그때 무슨 바람이 불었을까
우리는 20리 신작로 길을 걸어 차비를 모아
막걸리와 진로 포도주와 삼학 소주 댓 병을 사 들고
바닷가 솔숲으로 들어가 술을 마시고 춤을 췄지
난생처음 길이 오르락 내리락 하고
나무들이 소녀처럼 나 잡아라 깔깔거리고
우린 비틀거리며 동네로 들어서다
어떤 놈은 울타리로 자빠지고
어떤 놈은 논바닥으로 굴러떨어지고
온 식구와 마을 사람들이 몰려나와
들쳐업고 지게에 지고 리어카에 싣고
한바탕 난리법석이 일어났지

다음날 우리 다섯 동무는 집집마다 돌면서
마당에 엎드려 큰절로 용서를 빌고
정미소 앞에서 무릎 꿇고 앉아 있었지

그 시절 넘어지고 굴러떨어져도
우리를 받쳐줄 싸리 울타리가 있고
물렁물렁한 논바닥이 있고

가족이 있고 친구가 있고 이웃이 있고
상부상조하는 너그러운 마을이 있었다

이제 넘어지고 실패하면
그 길로 한 방에 가는 세상
한 번 쓰러지면 끝장인 세상
실패한 자를 받쳐줄 그 무엇도 없는 벼랑 끝,
너나없이 달려와 들쳐업고 실어다 줄
친구도 이웃도 사라져버린 각자 살아남기의 시대

우리 모두는 전쟁의 세계에 개인으로 던져져
비겁하게 스스로 술잔을 세며 마신다
스스로 계산하며 사람을 만나고
스스로 머리 굴리며 올라간 만큼 떨어진다
받쳐줄 그 누구도 없는 아찔한 시장사회
차갑고 딱딱한 시멘트 바닥으로

풍속화

그림을 본다
김홍도의 풍속화첩 중 벼 타작 그림
가을 햇살 아래 웃통 벗어부치고 노동하는
여섯 명의 젊은 상것들 바로 곁에
갓 쓴 양반 하나가 비스듬히 누워
긴 담뱃대를 물고 있다

순간, 분노가 아니라 웬 그리움 그리움이

오늘의 시대화첩 그림을 보라
젊은이들이 일자리가 없어 고개 숙이며 떠돌고
그나마 알바 인턴 비정규직 노동 현장에서
자본가들은 바로 곁에서 지켜보지도 않는다
얼굴도 없고 국경도 없는 자본가들이
첨단 모니터와 고층빌딩 양탄자 위에서
무인 폭격기 띄우듯 원격조정을 하신다

이 숨은 착취자들아
조선 시대 양반처럼 내 앞에 나타나

지뢰

캄보디아 땅을 밟는 순간
괜스레 발목이 시큰거리고
팔꿈치가 저릿거린다

인도차이나에 우기가 오면
높은 지대에 묻어 놓은 지뢰들이
낮은 곳으로 낮은 곳으로 쓸려내려
저 낮은 논밭이나 습지로 떠내려와
허리 굽혀 노동하는 팔목이나
가난한 아이들의 발목에서 폭발한다

무기를 만드는 자들아
시장과 전장의 영웅들아
군수산업 자본가들아

보아라, 네 탐욕의 지뢰들에
손발을 절단당해 땅바닥을 기는
여기 지뢰 같은 네 영혼을

그는 단순했다

그는 단순했다
"경제"
단 두 음절이었다

경제를 살리고
부자 되게 해주겠다

그의 메시지도 공략법도
인간 그 자신도 단순했다

단순 유혹
단순 탐욕
단순 열정

그러나 현실은 결코 단순하지 않다
CEO 자리는 단순하나 대통령직은 단순하지 않다
시장은 단순하나 삶은, 사회는, 결코 단순하지 않다

심오하나 무능한 자들 못지않게
단순하고 실용적인 자들을 조심하라

단순한 진리를 복잡함 속에 유지하는 것도 힘들지만
복잡한 현실을 단순함 속에 밟아 넣으면 폭발하는 법

단순 무지한 자는 용감하지만
짓밟힌 다수의 저항에 단순 무지한 자는
자신의 시체를 보고서야 반성하는 법이다

경운기를 보내며

11월의 저문녘에
낡아빠진 경운기 앞에 돗자리를 깔고
우리 동네 김씨가 절을 하고 계신다
밭에서 딴 사과 네 알 감 다섯 개
막걸리와 고추 장아찌 한 그릇을 차려놓고
조상님께 무릎 꿇듯 큰절을 하신다
나도 따라 절을 하고 막걸리를 마신다

23년을 고쳐 써온 경운기 한 대

야가 그 긴 세월 열세 마지기 논밭을 다 갈고
그 많은 짐을 싣고 나랑 같이 늙어왔네그려
덕분에 자식들 학교 보내고 결혼시키고
고맙네 먼저 가소 고생 많이 하셨네
김씨는 경운기에 막걸리 한 잔을 따라준 뒤
폐차장을 향해서 붉은 노을 속으로 떠나간다

경물敬物 할 줄 모르는 자는
경천敬天도 경인敬人도 할 줄 모른다는 듯
물건에 대한 예의가 없는 세상에서
인간에 대한 예의가 남아 있을 리 없어

사람을 쓰고 버릴 때 어떻게 하더냐고
살아 있는 인간에 대한 아픔도 없이
돈만 알고 경쟁력과 효율성만 외치는 자들은
이미 그 영혼이 폐기처분된 지 오래라는 듯

크게 울어라

울어야 산다
태어나서 우는 놈만이 산다
울지 않으면 죽음이다

울어라
배고프면 울고 서러우면 울고
짓밟히면 울고 일자리 없으면 울어라

삶이여 울어라
한번은 제대로 울어야 한다
뼛속까지 깊은 슬픔으로 울어야 한다

갓 태어난 아이처럼
크게, 더 크게, 쩌렁쩌렁,
울부짖고 분노하고 저항하라
거품이 가시고 탐욕이 씻기고
맑은 슬픔의 힘이 차오를 때까지

살아 있다는 건 운다는 것
살아 있다는 건 절규한다는 것이다

비판만 하지 말고 대안을 제시하라고?
그것은 바로 너의 임무이다
다양한 대안과 희망을 독점하고
대안이 뭐냐고 윽박지르는 그것이 폭력이다

삶이여 울어라
한 번은 제대로 울어라
너의 슬픔을 넘어 모두의 슬픔으로
이 땅의 숨은 슬픔이 다 터져 나오도록
세계에 울리도록 우렁차게 울어라

성난 얼굴들이 햇살 아래 나설 때까지
슬픈 얼굴들이 햇살 아래 빛날 때까지

사람이 희망인 나라

우리는 무에서 유를 창조했다고
말하는 자들을 조심하라
무에서 유를 창조할 수 있는 자는
오직 神밖에 없으니

대한민국이 무였던 적이 있는가
강대국 틈에서 오천 년 역사를 지닌 나라 아닌가
산 좋고 물 좋고 햇살 좋고 바람 좋은
거기다 세계 최고의 갯벌바다까지
풍요로운 금수강산을 물려받은 것 아닌가

홍익인간弘益人間을 최고로 치는
의義와 시詩와 미美를 중시해온 나라
지도층이 나라를 망쳐 먹을 때마다
민초들이 들고 일어나 지켜온 나라

고난과 역경에 굴하지 않고 배우기를 즐겨하고
가무와 풍류를 좋아하고 사람 야무지기로 이름난
사람이 희망인 나라 대한민국이 아닌가

경제성장도 민주화도 위대한 대통령이

무에서 유를 이루어낸 게 아니라
수천 년 이어온 자급자립의 농사마을이 희생되고
수많은 농민과 노동자의 피눈물을 기름 부어
오늘의 대한민국을 세계무대에 세운 것 아닌가

이런 국토와 이런 역사와
이런 저력의 국민을 가지고도
'무에서 유를 창조했다'는 지도자들,
그래서 광화문에 대통령 동상 세우고
힘센 미국에 더 머리를 굽히고
삼성과 독점 기득권자를 받쳐주며
선진화로 가자는 한참 후진 사람들

그런 너희들만 없다면
우린 훨씬 더 '좋은 삶'의 나라를
함께 웃고 울면서 이루어갈 수 있으니

진보한 세대 앞에 머리를 숙여라

여린 새싹 앞에서 허리를 숙인다
눈부신 신록 앞에서 고개를 숙인다
진보한 젊은이 앞에서 머리를 숙인다

내 가난한 젊은 날은 이렇게 살았다고
총칼 앞에 온몸을 던져 불처럼 살았다고
곧은 목으로 그들을 가로막지 마라

그들은 이미 충분히 고통받고 있다
풍요는 총칼보다 더 영혼을 상하게 하고
자유는 감옥보다 더 젊음을 구속하고 있으니

이념도 없고 동지도 없고 명예도 없이
자신과 싸워 이겨 자신을 버린 그 힘으로
새롭게 진보하는 젊은 영혼 앞에 머리를 숙여라

나랑 함께 놀래?

어린 날 나에게 가장 무서운 건
아버지가 일찍 돌아가신 것도
가족이 뿔뿔이 흩어신 것도 아니었네

학교에서도 동네에서도
아무도 놀아주지 않는 거였네

세 살 많은 영기가 우리 반에 편입한 뒤
동무들을 몰고 다니며 부하로 따르지 않는
나 하고는 누구도 함께 놀지 못하게 한
그 지옥에서 보낸 일 년이었네

동백꽃 핀 등굣길을 혼자 걸으며 울었고
오동잎 날리는 귀갓길을 혼자 걸으며 울었고
텅 빈 집 마루 모퉁이에 홀로 앉아 울었었네

책을 읽고 일기를 쓰고 기도를 해봐도
동무가 그리워서 사람이 그리워서
책갈피에 얼굴을 묻고 흐느끼곤 했었네

5학년이 되던 해 보슬비는 내리는데

자운영꽃이 붉게 핀 논길을 고개 숙여 걸어갈 때
나랑 함께 놀래?
뒤에서 수줍게 웃고 있던 아이
전학 온 민지의 그 말 한마디에
세상의 젖은 길이 다 환한 꽃길이었네

돌아보니 멀고 험한 길을 걸어온 나에게
지옥은 아무도 놀아주지 않는 홀로 걷는 길이었고
천국은 좋은 벗들과 함께 걷는 고난의 길이었네

나랑 함께 놀래?

그것이 내 인생의 모든 시이고
그것이 내 사랑의 모든 말이고
그것이 내 혁명의 모든 꿈이었네

공은 둥글다

배고파 우는 아이야
무서워 우는 아이야

그만 눈물을 닦고
우리 축구를 하자

우리는 이겼다, 우리는 졌다,
그러나 우리 모두는 즐겁다*

해는 저물고
돌아가는 집안에 빵은 없어도

공은 둥글다
지구는 둥글다

우리 눈물은 둥글다
우리 내일은 둥글다

탐욕의 열정

처음에 씨앗처럼 작았던 너는
무럭무럭 내 안에서 자라났다
커가는 너를 바라보며
모두들 찬탄했고 나 또한 으쓱했다

너는 왕성한 식욕으로
오래된 논밭과 마을을 먹어 치우고
산과 갯벌과 강을 먹어 치우고
시와 우정과 아이들을 잡아먹으며
무서운 속도로 급성장해 나갔다

바로 그때
인간의 날들이 어두워졌다
나는 미래에 박힌 눈을 떼어
비로소 전모를 돌아본다

오 너는 암세포였다
너는 탐욕의 열정이었다
성장기계인 너를 멈춰 세울
제동장치마저 먹어 치워버렸다

누구도 너의 성장을 막을 수 없다
자유도 민주도 복지도

성장의 목적은 성장 그 자체
'지속 가능한 성장'은 삶이 아닌 죽음,
성장과 분배의 이름으로 나는
나 자신의 파괴를 실행시켰다

몰락만이 너를 멈추게 하리라
죽음만이 너를 잠들게 하리라

기침 소리

찬 겨울 아침

어흠, 어른의 기침 소리

마당 위 얇은 싸락눈이 한번 날리고
갓 깨어난 참새들 대숲으로 난다

물동이를 머리에 인 누나가 발자국 소리 죽이고
숙취 어린 눈동자들 흠칫 옷깃을 매만진다

어흠, 이른 아침
어른의 기침 소리

정신 차려 자세를 가다듬는
맑고 차운 시대정신의 기침 소리

아이들은 놀라워라

아이들은 놀라워라
폭탄이 떨어지는 건물 사이를
겁도 없이 동무들과 뛰어다니고
삼엄한 미군 탱크에도 기어오르고
장갑차에도 올라타며 장난을 치니

아이들은 놀라워라
총격소리 울리는 골목길에서
땅바닥에 엎드려 울부짖다가도
어느샌가 몰려나와 편을 짜
축구를 하며 뛰어다니니

아이들은 놀라워라
지하드 나간 작은 형이 죽고
온 집안에 슬픔이 자욱해도
눈물 뚝뚝 흘리던 그 눈동자에
금세 장난기 가득히 손을 흔드니

아이들은 놀라워라
학교는 문 닫고 책도 선생도 없지만
동생을 등에 업고 물을 길어 나르다

골목길에 엎드려 낡은 공책을 펴고
글씨를 더 잘 쓰려고 어깨에 힘을 주니

아이들은 놀라워라
제 몸보다 더 큰 수레를 끌고
무너진 벽돌을 담고 야채 더미를 담고
힘든 표정도 잠깐 얼굴에 생글생글
환한 웃음을 잃지 않으니

아이들은 놀라워라
공포와 절망의 전쟁터에서
가장 먼저 울고 가장 먼저 웃고

이 세상 그 어떤 무기도 막을 수 없는
자신들의 아침을 향해 가장 먼저 일어나
거침없이 다시 삶을 시작하고 있으니
바그다드 아이들은, 전쟁터의 아이들은,
아이들은 놀라워라

젊은 피

젊은 피를 수혈하라
세대를 교체하라
낡은 몸들이 요구한다

젊은 피들은 기뻐하며 권력의
채혈 주사기를 자기 심장에 꽂는다
그리고 채 몇 년도 되지 않아 젊은 피는
그 자신이 낡은 몸이 되고 말았다

낡은 몸은 젊은 피가 섞이자
더 왕성하게 늙어가고 말았다
피를 파는 자나 피를 사는 자나
뭔가 반짝하는 그 순간이 지나면
더 무겁고 탁한 피의 삼투압으로
더 큰 전락을 맞이하기에

어떤 경우에도 피를 팔지 마라
젊은 심장에 권력을 꽂지 마라
젊은 영혼의 공동체를
피 흘리며 다시 넓혀가라

젊은 피는 젊은 몸에 있지 않다
젊은 생각과 젊은 상처와 저항에 있다
어느 조용한 시간, 저기
다가오는 젊은 혁명의 숨소리 듣는다

틀려야 맞춘다

대답마다 틀리는 아이야
인생은 단답이 아니다
당당히 말하고 열심히 틀려라

틀려야 맞춘다!

너만의 빛나는 길은
잘못 내디딘 발자국들로 인하여
비로소 찾아지고 길이 되는 것이니

일마다 실패하는 아이야
인생은 잔머리가 아니다
끈질기게 도전하고 정직하게 실패하라

실패해야 이룬다!

진정한 성공은
틀리고 실패해 헛된 걸 버려갈 때
마침내 나를 찾아 이룰 걸 이루는 것이니

언저리의 슬픔

늦가을 서해안 새떼들
온 하늘을 자욱이 난다
다쳤는가 한 마리 작은 새
절룩이는 발자국 진흙에 새긴다

샛강을 따라 걸으며
본류는 저기 있는데
나는 늘 이탈한 지류
문득 언저리의 슬픔이 차오른다

진정 하고 싶었고 날아오르고 싶었던
아직 버리지 못한 내상 같은 꿈을 안고
나는 늘 언저리에 머물고 있지만
중심에서 흘러나온 지류처럼 굽이 돌며
내 인생은 늘 언저리를 돌아왔지만
그러나 헛되이 본류를 탐하진 않았으니
핏줄 같은 하 많은 언저리의 삶이 없이
그 무슨 중심이란 게 있을 수 있으랴

노을 진 하늘가 자욱이 나는 새떼들
샛강 진흙에 절룩이는 한 마리 작은 새

나는 중심과 변방의 경계를 떠돌며
그늘진 눈으로 세상을 바라보지만
언저리의 슬픔, 그 눈물의 힘으로
작고 힘없는 동무들과 울고 웃고 분노하며
나 여기까지 끈덕지게 걸어왔으니

그리운 제비뽑기

우리는 학교가 끝나자마자 지게를 지고
가을 산으로 나무를 하러 가곤 했었지
동구 밖 세 갈래 길에서 우린 의견이 갈리곤 했지
산밤이 툭툭 떨어지는 말봉산으로 가자는 동무
달콤한 머루와 약수가 솟는 매봉산으로 가자는 동무
허벅지 만한 칡이 많은 첨산으로 가자는 동무들
서로 세게 주장하다 보면 부딪치고 삐쳐서
두 패 세 패로 갈라져 따로 갈까 하다가도
여우도 무섭고 처녀 귀신도 겁나부러서
모다 함께 가긴 가야겠는디 어쩌까이,
길바닥에 주저앉아 서로 눈치만 볼 때쯤이면
우리 거시기로 정하면 어쩌까?
그래, 그거제이!
우리는 솔잎을 뜯어와 밑에 표시를 한 다음
제비뽑기로 정하고선 그래, 오늘은 말봉산이닷
재잘거리며 달려가 나뭇짐을 지고 돌아오곤 했지

어린 날 우린 참 제비뽑기를 많이 했지
학교에서 소풍 갈 곳이건 반장선거건 막판에는
선생님, 제비뽑기로 하면 어쩔까요?
마을 어른들이 당산나무 아래 둘러앉아

대소사를 결정하거나 이장을 선출할 때도
막판에는 제비뽑기로 정하곤 했었지

서로 맘껏 의견 내고 소신껏 주장하되
다수결로 소수자에게 패배감을 주지 않고
승자도 패자도 악감정이 쌓이는 일이 없이
어허, 오늘 제비뽑기 운수가 어째 이런다냐
그려, 세상에 절대 옳은 것이 있간디
맞어, 우애가 사라지면 옳은 일도 나쁘제이
화기애애한 막걸리잔이 돌아가면서
시원스레 매듭짓던 그리운 제비뽑기

사람이 가진 자기한계를 기꺼이 인정하고
마지막 결과는 우리 인간 모두가 알 수 없는
미묘한 경계 너머에 가 있음을 받아들이며
우애를 우선하며 모두가 맘 상하지 않게 따르던
오래된 나무 아래 살아 있는 민주주의
내 그리운 제비뽑기

문자 메시지

새벽 3시,
조지 부시가
이라크 침공을 선포했습니다

이라크 아이들이
무력하고 보잘것 없는
저를 부릅니다

폭격의 공포에 떨고 있는
그 곁에 있어라도 주고 싶습니다

저에게 비행기 표 값을 좀 빌려주십시오
살아 돌아온다면 꼭 갚겠습니다

저는 지금
바그다드로 갑니다

두 손으로 얼굴을 가린다

오늘은 슬픈 날
이 나라 군대가 몰래 파병된 날
마침내 내 나라가 전범국이 되고 만 날
온 세계 아이들의 눈앞에서
너와 나의 인간성이 무너져 내린 날

이제 무슨 얼굴로 밤하늘 별을 보나
하늘 같은 아이들의 눈동자를 들여다보나
남의 것 뺏지 말고 약한 자를 괴롭히지 말라고
밥상머리에서 사람의 도리를 말하나

우리 겨레는 평화민족이라고
빛나는 동방의 등불이라고
무슨 낯으로 이 나라 교실에서
도덕책을 펼치고 역사를 가르치나

이제 우리는 홍익인간이 아니다
이제 우리는 자주민족도 아니다
자유도, 정의도, 인권도 아니다

길섶의 꽃들이 고개를 돌린다

이 나라 산들이 돌아앉는다
나무들도 푸른 빛을 거둬들인다
나는 두 손으로 얼굴을 가린다
대한민국은 두 손으로 얼굴을 가린다

2003년 4월 2일 이라크 파병안이 통과되었다.
재적의원 270명 중 256명이 참석하였고, 파병 반대는 68명이었다.

난 다 봤어요

난 다 봤어요
전 13살이지만
난 다 봤어요

이스라엘이 우리 집을 폭격했어요
우리 동네와 학교를 파괴했어요
난 다 봤어요
내 친구 이스마일과 샤리아가
벽돌더미에서 하얗게 꺼내지는 것을
병원과 다리와 분유 공장을 폭파하고
올리브나무와 농장을 파괴하는 것도
난 다 봤어요

어느 무기가 사람들을 죽이고
어느 무기가 어린이를 살리는지
난 다 봤어요
어느 나라가 말하고
어느 나라가 침묵하는지
난 다 봤어요

전 13살이지만

난 다 봤어요
자꾸 눈물만 나는 눈이지만
이 눈으로 이 눈으로
난 다 봤어요

계절이 지나가는 대로

나는 계절이 지나가는 대로
계절을 따라가며 살아가리라*

그 계절의 바람을 맞고
그 계절의 공기를 마시고
계절이 입혀주는 옷을 입고
계절의 여신이 주는 물을 마시리라

나는 봄과 함께 파릇파릇해지고
여름과 함께 초록불로 타오르고
가을과 함께 고개 숙여 익어가고
겨울과 함께 하얗게 떨리라

나는 내가 발 딛고 선 대지의
계절 속으로 걸어들어가리라

가난의 계절에는 노동으로 꿈을 꾸고
독재의 계절에는 온몸으로 저항하고
풍요의 계절에는 적은 소유로 충만하고
민주의 계절에는 국경 너머 눈물이 되고
탐욕의 계절에는 다시 광야의 목소리가 되리라

오 나는 계절이 지나가는 대로
계절 따라 한결같이 살고 죽으리라

마음씨

2월의 대지에 거름을 내는 농부를 보라

그는 이 땅에서 무엇을 얻을 수 있을까
머리를 굴려가며 묻지 않는다
대신에 내가 이 땅을 보살필 경우에
땅은 무엇을 내어줄 수밖에 없을까
묵묵한 노동으로 물어가고 있다

틀림없다
2월의 찬 바람에 땀 흘리는
저 우직하고 단순한 동작을 보면 안다

내가 이 사람에게 무엇을 얻을 수 있을까
머리를 굴리며 사람을 만나는 자는
내가 이 사람과 나누고 협력할 경우에
그는 무엇을 내어 줄 수밖에 없을까를 물으며
진정으로 사람을 섬기는 이를 눈여겨봐야 한다

틀림없다
그가 어떤 마음으로 사람을 대하고
어떤 마음으로 일하는가는 모든 것을 좌우한다

그 마음가짐이 씨가 되어 모든 결실을 뒤바꾸고 만다

인생에서 화전민 농사를 짓는 자가 아니라면
삶을 비즈니스로 사는 자가 아니라면
사회를 무한경쟁으로 망쳐가는 자가 아니라면

잘못 들어선 길은 없다

길을 잘못 들어섰다고
슬퍼하지 마라 포기하지 마라
삶에서 잘못 들어선 길이란 없으니
온 하늘이 새의 길이듯
삶이 온통 사람의 길이니

모든 새로운 길이란
잘못 들어선 발길에서 찾아졌으니
때로 잘못 들어선 어둠 속에서
끝내 자신의 빛나는 길 하나
캄캄한 어둠만큼 밝아오는 것이니

구멍 뚫린 잎

낙엽을 주워 책갈피에 끼운다
흠집 하나 없는 예쁜 잎보다
구멍 뚫린 빛나는 잎을 담는다

상처 없는 가슴은 빛의 통로가 없으니

그러나 구멍 뚫린 잎 중에서도
제 형태를 간직한 잎만을 담는다

사나운 시대가 자신을 훑고 갔어도
푸른 가슴을 수차례 관통당했어도
정신의 뼈대는 굳건히 남아 있어야 하리

상처로 자신마저 잃어버린 사람은
동정할 순 있어도 사랑할 순 없으니

대 림 절

지난 겨울은 하늘이 무거워
눈이 사납고 깊었습니다
들썸들썸 봄바람 나는 아침
빈산엔 찢어진 설해목들이
앞을 막아 섭니다

우리는 연달아 패배했습니다
정의는 이익에 팔아넘겨지고
진실은 효율에 내팽개쳐지고
신념은 실용에 꺾여나갔습니다

하지만 뿌리로부터 오는 봄은
그 누가 막을 수 있겠습니까

저기 한 점 생강나무꽃이 피고
저기 한 점 진달래꽃이 붉고
무릎걸음으로 기어오는 봄이
여윈 내 품에 와락 안겨옵니다

산비탈에 자신을 파묻었던
수선화 알뿌리가 비수 같은 잎을 내밀며

노란 꽃망울이 역광에 눈부십니다

내 깊은 상처 안에 심겨진
피묻은 알뿌리는 한 번 더
나를 죽으라 합니다

나는 죽어 다시 죽어서
새롭게 피어남을 준비해야겠습니다

스스로 죽겠다는 나를 그 누구도 막을 수 없듯
뿌리 깊은 걸음으로 다시 살아나는 봄날은
그 누구도 막을 수 없음을 나는 믿습니다

대림절이 지나고 머지않아 부활절입니다

알 자지라의 아침에

티그리스 강과 유프라테스 강 사이의
광활한 알 자지라 평원에 여명이 밝아오면
집집마다 빵 굽는 연기가 피어오른다

아침햇살을 받으며 묵주기도를 하시던
105살 어머니가 낯선 나를 보자마자
'어제는 기다리던 첫 비를 보고
오늘은 태양 같은 첫 얼굴을 보고
먼 데서 온 아들아
우리 갓 구운 빵과 샤이를 함께 들자꾸나'
천천히 손을 잡아 이끄신다

햇살 좋은 너른 흙마당가에
오래된 나무탁자와 의자가 놓이고
금세 가족과 친척과 이웃들이 몰려나와
스무 명 서른 명으로 불어나기 시작한다
집에서 만든 요구르트와 무화과 잼이 차려지고
대추야자와 갓 따낸 오렌지를 들고 온 친척들과
구운 양파와 올리브 김치를 들고 온 이웃들까지
이방인을 맞아 우애와 환대의 나눔잔치가 벌어지고
우리는 음식을 서로 권하며 이야기꽃을 피운다

서로 한 식구처럼 친해질 즈음
차도르 쓴 부인이 조심스레 물으신다
샤이르 박은 땅이 얼마나 되는지요?
올해 밀과 양파와 토마토를 얼마나 수확했는지요?

저는 땅이 하나도 없습니다

젊은 여인이 수줍게 물으신다
그럼 나무는요?
올리브나무와 복숭아나무와 오렌지나무를
몇 그루나 갖고 계신지요?

전 나무도 갖고 있지 못합니다

그럼 양은 몇 마리나 갖고 계시나요?

전 양도……

여인들의 묻는 목소리가 작아지고
얼굴은 점점 울상이 된다
그럼 말과 낙타는 몇 마리나 갖고 있나요?

젊은 남자가 나선다
쿠리아는 부자 나라라 낙타 대신 자동차를 타지요
자동차는 몇 대쯤 갖고 있나요?

전 자동차도 없습니다

눈가에 물기가 맺힌 그 집 며느님이 묻는다
샤이르 박은 아들과 딸은 몇 명쯤 두고 있나요?

나는 정말로 풀이 죽은 목소리로
죄송합니다 아들도 딸도 없답니다

라, 라, 라! 안돼, 안돼, 이럴 수가!

슬픔에 찬 탄식들이 합창으로 울려 퍼지고
오, 불쌍한 샤이르 박⋯⋯
어떡해, 어떡해, 우리가 어떻게 해야⋯⋯

그 순간 나는 세계에서 가장 불쌍한 남자가 되고
부자 나라 코리안은 가장 불쌍한 인간이 되고 말아
아 나는 삶이 없구나

우리는 삶이 없구나
아침햇살만큼 그늘진 마음인데

흙벽에 기대어 조용히 지켜보던
105살 움미께서 천천히 일어나신다

샤이르 박이 아무것도 갖고 있지 못하는 건
참 안됐지만… 안됐지만…
원래 샤이르란 그런 운명의 사람이야

샤이르는 자신의 발로 걷는 모든 대지가 다 그의 영토이고
그가 기대앉고 말을 거는 모든 나무들이 그의 것이고
샤이르가 안아주는 모든 아이들이 그의 아들 딸이고
그의 시를 듣고 눈물을 흘리는 여인이 다 그의 여자이지

이 지상에서 가장 안 됐고 불쌍한 남자이던 나는
가장 빛나는 발바닥의 샤이르로 들어 올려져
나는 105살 움미에게 허리 숙여 절하고
백 년의 노동으로 주름진 손에 입맞춤을 바친다
그리고 알 자지라의 아침을 찬양하는
멋진 시 한 수를 낭송한다

젊은 여인들의 두 눈에서 티그리스 강과
유프라테스 강물이 흐르며 햇살에 반짝인다
한쪽 눈동자에는 아무것도 가진 것 없는
샤이르에 대한 연민의 눈물이
또 한쪽 눈동자에는 모든 것을 다 가진
샤이르에 대한 경애의 눈물이

입맞춤해온 삶

먼 길을 단숨에 주파해온 사람에게 감탄하라
그의 눈빛에는 불타는 의지가 어려 있으니

그러나 먼 길을 오랜 시간을 들여
나직하게 걸어온 사람을 경배하라

그의 눈빛에는
자신이 걸어온 길들에 대한 감사가 가득하고

그의 걸음에는
일일이 입맞춤해온 삶들이 가득하니

꽃은 달려가지 않는다

눈 녹은 해토에서
마늘 싹과 쑥잎이 돋아나면
그때부터 꽃들은 시작이다

2월과 3월 사이
복수초 생강나무 산수유 진달래 산매화가 피어나고
들바람꽃 씀바귀꽃 제비꽃 할미꽃 살구꽃이 피고 나면

3월과 4월 사이
수선화 싸리꽃 탱자꽃 산벚꽃 배꽃이 피어나고
뒤이어 꽃마리 금낭화 토끼풀꽃 모란꽃이 피어나고

4월의 끝자락에
은방울꽃 찔레꽃 애기똥풀꽃 수국이 피고 나면

5월은 꽃들이 잠깐 사라진 초록의 침묵기
바로 그때를 기다려 5월 대지의 심장을 꺼내듯
붉은 들장미가 눈부시게 피어난다

일단 여기까지, 여기까지만 하자

꽃은 자기만의 리듬에 맞춰 차례대로 피어난다
누구도 더 먼저 피겠다고 달려가지 않고
누구도 더 오래 피겠다고 집착하지 않는다
꽃은 남을 눌러 앞서 가는 것이 아니라
자기를 이겨 한 걸음씩 나아갈 뿐이다

자신이 뿌리내린 그 자리에서
자신이 타고난 그 빛깔과 향기로
꽃은 서둘지도 않고 게으르지도 않고
자기만의 최선을 다해 피어난다

꽃은 달려가지 않는다

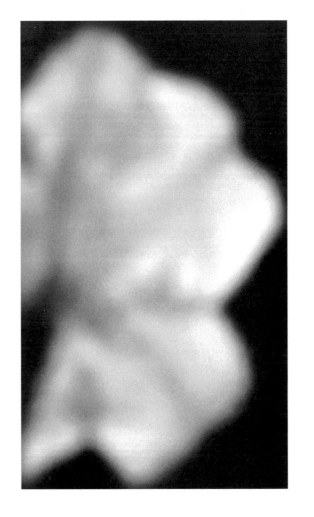

우리 함께 걷고 있다

오늘도 길을 걷는 우리는
알 수 없는 먼 곳에서 와서
알 수 없는 먼 곳으로 돌아간다

우리의 힘든 발자국들은
한 줌 먼지처럼 바람에 흩어지니
그러나 염려하지 마라

그 덧없는 길을
지금 우리 함께 걷고 있으니

나 거기에 그들처럼

페루에서는 페루인처럼
인도에서는 인도인처럼
에티오피아에서는 에티오피아인처럼
이라크에서는 이라크인처럼
그곳에서는 그들처럼*

가난의 땅에서는 굶주린 아이처럼
분쟁의 땅에서는 죽어가는 소녀처럼
재난의 땅에서는 떠다니는 난민처럼
억압의 땅에서는 총을 든 청년처럼
그곳에서는 그들처럼

나 거기에 그들처럼

꽃내림

오늘은 무슨 꽃이 피어나는가
오늘은 무슨 꽃이 떨어지는가

아침이면 가장 먼저
피고지는 꽃들을 문안한다

너에게 꽃은 장식이지만
나에게 꽃은 성전이다

꽃보다 밥이라고 말하지 마라
문제는 먹고사는 거라고 소리치지 마라

밥도 삶도 꽃을 타고 왔다
만약 지상에 꽃피는 속씨식물이 없다면
네가 아는 세계는 존재할 수도 없으니

나는 꽃을 타고 온 아이
나는 저 아득한 별에서
꽃내림으로 여기 왔다

꽃처럼 끈질긴 힘을 보았는가

꽃처럼 강인한 힘을 보았는가
나에겐 밥심보다 꽃심이다

나 쓰러지고 또 쓰러지면서도
작은 꽃들 앞에 무릎 꿇는 힘으로
끈질기게 다시 일어서고
끈질기게 다시 시작하고

꽃피는 노동으로
꽃피는 싸움으로
꽃을 타고, 꽃을 타고,
꽃내림으로
나 여기까지 와 있으니

참사람이 사는 법

손해 보더라도 착하게
친절하게 살자

상처받더라도 정직하게
마음을 열고 살자

좀 뒤처지더라도 서로 돕고
함께 나누며 살자

우리 삶은 사람을 상대하기보다
하늘을 상대로 하는 것

우리 일은 세상의 빛을 보기보다
내 안의 빛을 찾는 것

좋은 날은 지나갔다

봄 가을이 짧아지고 있다
좋은 날은 너무 빨리 사라지고 있다

봄을 떠밀어가며
너무 빨리 덮쳐오는 여름 무더위처럼

가을의 등을 타고
너무 빨리 엄습하는 겨울 한파처럼

젊음도 사랑도 기쁨도 열정도

인생은 길어져도
삶의 좋은 날은 짧아져만 가고

젊음은 길어져도
가슴의 별도 꽃도 반짝 시들어가고

국경의 밤

국경의 밤은 길고도 추워라
별들은 글썽이며 총구 위에 빛나고
광야의 모래바람은 언 뺨을 때리는데
건기의 골짜기에 길 잃은 양 한 마리
가여운 울음소리가 정적을 흔든다

벌써 몇 시간 째인가
지문을 찍히고 사진을 찍히고 알몸을 벗기고
나는 국경의 법정에 세워진 수인

미국과 이스라엘의 국경 앞에서
나는 수염 난 이슬람 테러리스트

순니파 나라에서 나는 쉬아파 위험분자
쉬아파 나라에서 나는 순니파 위험분자

중동 이슬람 국경선에서
나는 쿠르드인의 진실을 밝히는 위험분자

아시아의 국경선에서
나는 소수민족의 아픔을 껴안는 위험분자

코리아에 오면 한미동맹과 전투병 파병의 걸림돌
어떤 자들에게는 여전히 빨갱이와 변절자

총칼로 금 그어진 국경의 세계에서
나는 이 지상에 머리 둘 곳이 없어라

세계 어디에서도 오라는 이는 없어도
스스로 가야 하고 갈 수밖에 없는
나는 언제까지나 국경의 양심수

쾅, 쾅, 여권 도장이 찍히고
짧은 안도의 한숨도 잠깐
총성이 울리는 어둠 속에서
국경의 밤은 길고도 추워라

꼬리를 물고

산비탈 밭이 목 말라서
졸졸졸 흐르는 계곡 물줄기를
대나무 관으로 끌어와 물둥지를 만들었다
나로서는 수에즈 운하만큼 대단한 공사였다

물 본 김에 수련 몇 뿌리를 심었더니
붉은 연꽃이 피고 개구리밥이 뜨고
참개구리가 이주해 식구를 늘리기 시작한다
개구리 합창이 정이 들 때쯤
꽃뱀이 슬슬 나타나더니
뱀을 노리는 너구리가 어슬렁거리고
하늘에는 처음 본 솔개가 원을 그린다

물둥지는 메마른 밭작물을 기르자고 만든 것인데
물은 수련을 피우고 수련은 개구리를 부르고
개구리는 꽃뱀을 부르고 너구리를 부르고
솔개를 부르고 왜가리를 부르고
생명은 꼬리를 물고 생명을 부르며
비탈진 밭뙈기를 신비로 술렁이게 한다

하나의 근원적인 구조악이

꼬리에 꼬리를 물고 악을 부르듯
진실로 선하고 옳은 한 사람의 존재는
연달아 무얼 불러오게 될까

성숙이 성장이다

아이들은, 세계의 아이들은
무럭무럭 자라고 성장해야 한다
청소년이 키가 쑥쑥 커 나오면
기쁜 마음으로 축하해줘야 한다

하지만 서른 넘은 성인이
해마다 키가 멈추지 않고 자란다면
축하가 아니라 병원부터 데려가야 한다
그가 계속 더 성장해야 한다고 날뛰면
정신병원으로 데려가봐야 한다

약자들은, 세계의 가난한 사람들은
더 부자 되고 잘 살아야 한다
하지만 먹고살 만한 나라 사람들이
더 부자가 되자고 경제성장에만 매달린다면
특별한 치료가 필요한 정신질환이 분명하다

지금 우리 사회에는 가난한 사람이 없다
아직 부자가 되지 못한 사람들이 있을 뿐

더 많은 소득과 소비에 삶을 다 짜내고

더 많은 경제성장에 삶의 토대를 망쳐간다면
이것은 자기 자신과 아이들에 대한
심각한 폭력이고 자살행위에 다름 아니다

멈출 때를 모르면 성장이 죽음이다
그리하여 성숙이 참된 성장이다

우주의 가을 시대

첫 서리가 내렸다
온 대지에 숙살肅殺의 기운 가득하다
하루아침에 찬란한 잎새를 떨구고
흰 서릿발 쓴 앙상한 초목들
나는 텅 빈 아침 숲에 서서
하얀 칼날을 몸을 떨며 바라본다

싸늘한 안개 속으로 태양이 떠오를 때

사과 밭으로 올라가는 나는
지금 두 다리 밑에 지구를 깔고
우주를 산책하고 있다

우주의 절기에서 가장 혁신적인 변화는
여름의 불火에서 가을 금金으로의 변화

언덕 위의 사과나무들은
언 서릿발에 뒹구는 낙과들 위로
살아남은 것들만 붉게 울고 있다

가을은 익어가는 계절만이 아니다

갈라내고 솎아내는 엄정한 계절이다

아 가을이 온다
우주의 가을이 온다

쭉정이와 알갱이를 가려내는,
참과 거짓을 한순간에 심판하는
우주의 가을 시대가 온다

최선이 타락하면 최악이 된다

만년설이 빛나는
산정 흰 이마를 바라보면
가슴이 시리다

그는 나의 거울 나의 잣대

그러나 신성한 만년설이 녹아내린 자리는
풀씨 하나 돋지 않는 삭막한 불모의 땅

권력이 된 혁명가는 어찌 되는가
주류가 된 성직자는 어찌 되는가
팔려나간 지식인은 어찌 되는가

만년설이 빛나는 산정 흰 이마
만년설이 녹아내린 불모의 땅

최선이 타락하면 최악이 된다*

아픈 날

마음이 아픈 날
가슴을 문지른다

너도 많이 아프구나
네 이마를 짚는다

세상이 몹시 아픈 날

내 심장에 박힌 붉은 별을
오래오래 문지른다

혀가 지나간 자리

내 혀는 살가웠네
엄마의 젖꼭지를 물고
마당가 감홍시를 핥고
뒷산의 삐비와 갯벌의 꼬막과
계절이 물려주는 젖줄을 빨았었네

내 혀는 오일장이면 황홀했네
뜨끈한 팥죽과 조청엿과 새콤한 술떡을 맛보았네
내 혀로 물고 핥고 먹는 모든 것은
내 사는 마을과 이웃마을에서 난 것들
내 혀로 나오는 말은 모두 토종 사투리,
흙이 묻고 땀과 눈물이 배인 삶의 언어였네

착한 자의 혀는 살가운 마을에 가깝고
악으로 가는 혀는 멀고 길어지는데
이제 내 혀는 멀고 낯선 지구를 핥고 있네
에티오피아의 커피와 남미의 코코아와 옥수수와
브라질의 설탕과 불가리아 치즈와 오렌지 주스와

내 혓바닥에는 수저 대신
비행기와 선박의 컨테이너 박스가 드나들고

나는 거대한 괴물의 헛바닥인 양
지구의 원시림과 토박이 마을과
가난한 나라의 들과 산을 싹싹 핥아가네

내 혀는 난개발 되고 터널처럼 뚫려버려
이제 혀는 내 것이 아닌 타동의 헛바닥
내 말은 비즈니스와 광고 마케팅과 TV 예능 언어

내 혀가 지나간 자리에는 사막이 남아
내 혀를 통해 낳은 아이가
아토피에 우울증에 작은 악마로 신음하며
게임기로 세계를 파괴하고 살인하고 있다

내 헛바닥은 도시를 떠돌고 세계를 떠돌며
GMO와 농약과 항생제를 몸에 저축하며
독한 자살을 탐식하고 있다
자신의 혀를 통제하지 못하는 자는 재앙을 부르듯
자신의 혀를 통제당하는 자는 죽음을 부르는데

내 헛바닥이 불안에 떨고 있다
내 헛바닥이 중독에 떨고 있다

소녀야 일어나라

가을바람에 낙엽이 구르는
10월 햇살이 눈부신 오후다

소녀야 일어나라
밖으로 걸어나가라

너는 배울수록 무지를 학습하고
오를수록 공포를 키우면서
메마른 숫자와 사슬 같은 공식과
돌멩이 같은 무의미한 단어들이
네 가슴과 얼굴을 때리는 교실에서
의자에 앉혀져 멍들어 가고 있다

소녀야 일어나라
조용히 밖으로 걸어나가라

지금 그곳에는 가을 햇살이 따사롭고
고개 숙인 해바라기가 역광에 빛나고
흙길 위에는 풀꽃들이 네 맨발을 기다리고
달콤한 포도와 사과향기가 너를 기다리고 있다

소녀야 책을 덮고 읽어라
허리 숙인 논밭의 농부들을 읽어라
저 들녘과 주름진 얼굴에서
100권의 고전을 읽어라

작은 항구에 은빛 물고기를 싣고
고깃배가 귀항하고 있다
그 거친 파도와 물고기의 길을 읽어라

버섯을 따는 여자의 바구니 속
그 안에 들어 있는 세상에 한 장뿐인
그녀의 식물지도를 읽어라

세상의 익어가는 길들이 따사롭게 누워
촉촉한 가슴의 너를 기다리고 있다
산과 광야와 들길과 사막을 걸어라
가슴이 설레는 네 친구의 정원까지
네 발목이 시리도록 걸어라

너는 너무 오래 수인처럼 교복을 입고
두 눈을 가리고 의자에 묶여 앉혀져 있다

아무것도 아무것도 두려워하지 마라
두려운 것은 소수의 탈주한 삶이 아니라
다수가 질주하는 죽음의 길이다

소녀야 일어나라
조용히 일어나 교실 밖으로
여신처럼 천천히 걸어가거라

.

저 꽃 속에 폭음이

3월이 오면 몸이 아프다

아이 생일이 오면
아파져 오는 어머니 몸처럼
이라크 전쟁터로 달려간
3월이 오면 몸이 아프다

붉은 꽃이 피는 날
이라크에서 만난 아이들이 꿈속에서 걸어와
그 커다란 눈망울로 나를 바라본다
내 이마에 뚝뚝 떨어지는 빨간 눈물
빨간 꽃 빨간 피 빨간 목숨

3월이 오면 몸이 아프다

봄날 아침에 피어나는 꽃들
저 꽃 속에서 폭음을 듣는다
하늘 나는 종달새 소리에서
전폭기 소리를 듣는다

2003년 3월 20일, 미국의 이라크 침공이 시작되었다.

명심할 것

이 땅에 사람이 없다고 함부로 말하지 말 것
사람을 알아보지 못하는 좁은 안목을 탓할 것

인생도처 유상수 人生到處 有上手를 상기할 것
나를 넘어선 인물이 도처에 숨어 있음을 상기할 것

모든 것은 인연 따라 이루어짐을 굳게 믿을 것
'사랑의 빛'으로만 이어지는 그 인연의 때를 믿을 것

그리하여 가장 훌륭한 계획자는 하늘임을 잊지 말 것
부끄러운 것은 믿음을 잃어버리는 일임을 명심할 것

겨울 속으로

눈 푸른 한 사람이
가을 산을 달리네

가슴에 봄불 안고
겨울 속으로 달리네

권총이 들어 있다

어린 날, 쌀뒤주 속에 숨겨둔
아버지의 권총을 본 적 있다
녹슬어 묵직한 권총 한 자루
그 차갑고 섬뜩한 감촉

심장의 붉은 별을 앓다 죽은 아버지
그는 왜 죽는 날까지 권총을 숨겨둔 걸까
어머니는 밤의 대숲을 삽으로 파서
숨죽인 흐느낌으로 그 총을 묻었다

땅 속의 그 권총은 어찌 되었을까
왜 나의 뇌리 속엔 그 권총이 떠도는 걸까
나도, 내 책상 서랍 깊은 곳에
권총 한 자루를 숨겨두었지

만약 내가 첫마음을 배신한다면
나의 노동과 시와 혁명을 배신한다면
가난하고 힘없는 사람들을 배반한다면

어느 조용한 밤, 나는 책상 서랍을 열고
총구를 이마에 대고 깨끗이 당기리라

내 사랑에는 그 총구가 숨어 있다
나의 시에는 그 권총이 숨어 있다

사랑하는 사람아
나 그대를 배반한다면
너에게 보낸 그 총으로 나를 쏴라
만약 그대가 나를 쏘지 못한다면,
쏠 수 없는 네 심장이 관통되리니

라냐는 돌을 깬다

아침이 밝아와도
라냐는 눈을 뜨지 못한다
언니가 거칠게 흔들어 깨워도
먼지 낀 머리를 아프게 빗겨도
라냐는 눈을 뜨지 못한다

언니의 손을 잡고 졸며 졸며
다섯 살 라냐가 공장으로 간다
연필 대신 망치를 들고
라냐는 돌을 깬다
졸린 눈으로 돌을 깬다
지난번에 찧은 까만 손가락을
다시 찧어 울다가도 라냐는
또 다른 라냐와 돌을 깬다

아홉 살 언니는 옆 지하공장에서
굵은 바늘로 나이키 축구공을 꿰매고
배고픈 라냐는 빵 한 개 먹고
해가 저물도록 망치질을 한다

라냐는 돌 같은 표정으로

졸며 졸며 돌멩이를 깬다
깜박 깜박 꿈속에서
친구들과 장난을 치며 놀다가
맛난 것도 맘껏 먹다가
그만 또 손가락을 찧고 운다

라냐는 아파서 더 힘껏 돌을 깬다
돌덩이로 짓누르는
단단한 가난을
영문 모를 자신의 운명을
끝없는 물량의 세계를
다섯 살 망치질로
내리치고 깨뜨린다

사과상자

마을 길 오가며 사과농사를 거들었더니
베트남댁이 빨간 사과 한 상자를 보내왔다
속에 꿀이 배인 듯 달고 향기로운 사과 알들
처마 그늘에 두고 사나흘 서울에 다녀왔더니
가을비에 젖은 종이박스 속의 사과들이
검붉게 썩어들어가고 있었다

미안하다 사과들아
미안해요 베트남댁

언제나 문제는 썩은 사과 한 알보다 썩은 사과상자다
문제 있는 약한 개인이 공동체를 썩어들게 하기보다
문제의 사회구조가 한꺼번에 사람들을 썩어들게 한다

단군 이래 가장 똑똑하고 유능하다는 젊은 사과들이
일다운 일도 갖지 못하고 무기력하게 썩어가는 것도
평범하고 열심히 사는 이 나라 엄마 아빠들이
불안에 떨며 아이들을 경주마로 몰아가는 것도
문제는 썩은 사과 한 알보다 썩은 사과상자이다

그리하여 다시 문제는,

썩은 사과상자를 바꿔나갈
붉고 싱싱한 사과의 심장 하나이다
써어가는 사과상자 속에서도
썩지 않는 정신의 씨과일 하나이다

참 착한 사람

너무 착한 사람을 좋아하지 마라
그는 길들여진 자일 가능성이 크다

아닌 건 아니다 라고 말할 줄 모르고
언제나 아름다운 말을 하는 사람

긍정마인드로 누구나 칭찬하면서
고래도 상어도 춤추게 하는 사람

그는 비즈니스맨이나 정치가일 수는 있어도
영혼이 살아 있는 인간이 아니다

세상엔 옳음도 틀림도 없고
다만 다름이 있을 뿐이라며
진리의 등뼈도 양심의 모서리도
매끄럽게 닳아버린 사람

그의 열린 듯한 자기 중심주의는
엄연한 기득권 세력을 강화시킨다

이대로 가면 세계가 더 좋아질 거라고 믿는다면

우리 모두 착하게 잘 적응해내자
아니라면, 불화하고 탈주하고 저항하자

그래도 나는 착한 사람이 좋다
숨은 구조악의 실체를 직시하고
불의에 맞서 기꺼이 상처받으며
자신의 상처로 착한 세계를 꽃피워가는
참 착한 사람

후지면 지는 거다

불의와 싸울 때는
용감하게 싸워라

적을 타도할 수 없다면
적을 낙후시켜라

힘으로 이기는 것이 아니다
돈으로 이기는 것이 아니다

사람의 크기로 이기는 거다
미래의 빛으로 이기는 거다

인간은, 후지면 지는 거다

웃는 나의 적들아
너는 한참 후졌다

낙타의 최후

뜨거운 사막 지평에
낙타떼를 몰고 가던 청년이 말없이 내려선다
수백 마리 낙타들도 하나 둘 멈춰 선다

낙타 한 마리가 대열을 이탈해
멀리 신기루처럼 반짝이는 나일 강 쪽으로
비틀거리며 걸어가고 있다

일생동안 사막을 건너며 살아온 낙타는
나이 들고 병이 들어 떠나야 할 때를 알고
자신의 생의 지도가 되었던
물 냄새 나는 강 쪽을 향해
혼신의 힘을 다해 걸어가고 있다

낙타는 동료들 쪽으로 고개를 한 번 돌리더니
다시 강 쪽으로 몇 걸음 걷다 천천히 쓰러진다

사막에서 태어나 사막의 모래로 돌아가는 낙타
청년은 말없이 한쪽 무릎을 꿇고 고개를 숙이더니
다시 낙타떼를 몰고 사막 길을 떠난다

가을날의 지혜

가을이 깊어지면 어머니는
찰벼, 들깨, 녹두, 기장, 콩, 고추, 조, 수수
한 해의 결실을 흙마당 멍석에 늘어놓고
세 갈래로 정갈히 분류하셨다

가장 좋은 것은 내년에 씨 뿌릴 종자로
그 다음 좋은 것은 이웃들 품삯과 선물로
나머지는 우리 먹을 식량으로 갈무리하셨다

어린 나는 그것이 불만이었다
가장 굵고 여물고 실한 것들은 왜
땀 흘려 거둔 우리가 먹어보지도 못하고
종자로 싸매 달고 이웃에게 나눠주는지

그날 밤 호롱불 앞에 기도를 마친 어머님은
평아, 농사는 누가 짓는 것이냐
하늘이 짓고 기후가 짓고 대지가 지어 주신단다
이 결실들이 어디서 나온 것이냐
땅에 묻힌 종자에서 나오는 거란다

사람이 아무리 훌륭한 계획을 세우고 재주를 부려도

하늘이 한 번 흔들어 버리면 다 소용없는 일이란다
아무리 큰 재난이 닥쳐도 서로 믿고 기댈 수 있는
사람 관계만 살아 있다면 두려울 게 없단다
그러니 우선순위를 바로 해야 한단다

어려운 날이 닥치고 앞이 안 보일 때마다
너의 우선순위를 바로 하라!
그 가을 어머니 말씀이 새롭게 울려오네

대한민국은 투쟁 중

산길을 걷다가
거리에 나서면
형형색색의 간판들이
일제히 공격해온다

거리마다 건물마다 난립한
피묻은 주먹을 쥔 활자와
날카로운 무기의 삐끼들이
처절하게 투쟁 중이다

대한민국은 지금 투쟁 중이다

저 유명한 거리 투쟁이 잦아들자
만인 대 만인의 이익 투쟁이
밀리면 끝장난다는 생존 투쟁이
죽기 아니면 살기로 전쟁 중이다

거리를 달리는 자동차들도
밥벌이 전투에 나서는 출근길의 특공대원들도
미래의 전사를 육성하는 학교도 주부도
좀 더 도발적인 화장과 성형과

첨단무기인 명품으로 무장한 여전사들도

점령지를 싹 밀어 재개발하는 드높은 진지들도
서바이벌 예능과 배틀이 난무하는 TV도
튀고 비틀고 레이저 총을 날리는 인터넷도
언제 어디서나 울리는 개인 무전기 휴대폰도

대한민국은 지금 투쟁 중이다

투쟁해야 할 투쟁이 잠복하자
투쟁해서는 안될 투쟁이 폭발하는
다이내믹 투쟁의 글로벌 코리아다

거짓 희망

난무하는 희망의 말들이
게릴라 폭우처럼 쏟아질 때
거품 어린 욕망의 말들이
꾸역꾸역 목끝까지 차오를 때
나는 차라리 희망을 구토하리

더는 희망을 말하지 마라
이 땅에 희망은 어디에도 없다
이제 희망을 찾지도 마라

선진화의 이름으로 양극화가 벌어질 때
녹색성장의 이름으로 대지가 죽어갈 때
경제성장의 이름으로 농사마을이 파괴될 때
4대강 살리기로 4대강이 살해될 때
약자들이 생의 벼랑 끝에서 몸을 던질 때

지상의 꽃들이 일제히 떨어져 내린다
가슴마다 수직으로 내려앉는 진실처럼
오염된 꿈도 제작된 희망도 무너져내린다

희망은

헛된 희망을 버리는 것
희망은
거짓 희망에 맞서는 것

정직한 절망이 희망의 시작이다
눈물어린 저항이 희망의 시작이다

아체의 어린 꽃들

아버지 어머니 어디에 있나요
보고 싶고 울고 싶고 안기고 싶어요
만일 생존해 있다면 어디에 계신가요
만일 돌아가셨다면 무덤이 어딘가요
내가 자라 성인이 되면 무덤을 찾아가
꽃을 바치고 기도를 드려야 할 텐데

슬픔은 우기처럼 쏟아져도
나에게는 비를 가릴 처마 하나 없어요
고통은 건기처럼 내리쬐도
불볕을 피할 나무 그늘 하나 없어요
우리 삶의 길은 하느님이 정해 놓으셨으니
비록 어려울지라도 하느님이 원하신 대로
참고 견디며 살아가야 하는 건가요

아체의 언덕에 피어난 어린 꽃송이들
꽃은 피지도 못하고 떨어져 버렸어요
파도에 살아남은 작고 어린 꽃송이들
그 꽃은 이제 향기가 나지 않아요
바람에게 향기도 전해주지 못한 채
이대로 울다 시들어 가야 하나요

당신마저 우는 아이를 내버려 두신다면
어린 몸에 돌을 지고 어디로 가야 하나요
쓰나미가 모든 것을 쓸어 갔을지언정
오래된 총칼들은 여전히 서 있어요
저를 혼자 울게 내버려 두지 마세요
저를 혼자 울게 내버려 두지 마세요

누구의 죄인가

편리한 도시 사람들과
잘사는 나라 사람들은
영리해지는 만큼 나약해지고 있다

스스로 할 수 있는 능력이 줄어드니
돈으로 살 수 있는 능력만 키워간다

도시인들은 나약해지는 만큼
서로에게 더욱 거칠어지고
자연과 약자에게 난폭해지고 있다

그러니 자연 또한 거칠어지고
혹독한 여름과 겨울만 돌려줄 수밖에

가진 자들은 약자에게 잔인하고
약자는 더한 약자에게 잔인하고
바닥을 친 절망감이 기후변화처럼
세계를 난폭하게 덮쳐오고 있다

감자꽃

눈 녹은 밭을 갈아
감자를 심는다

지난여름 거둬들인 씨감자
가뭇한 씨눈을 중심에 두고
큰 것은 네 등분으로 나누고
작은 건 두 등분으로 나눈다

자신보다 더 큰 생명이기 위해서는
제 몸을 쪼개 나누는 아픔을 거쳐야 하리
쪼갠 감자 부위마다 고운 재를 묻히고
비로소 한 점 한 점 감자를 심어간다

오늘 감자를 심는 손이
감자를 캐는 손이 아니면 어떠랴
하나의 씨감자가 수십 개의 햇감자 알이 되고
하나의 심는 손이 수백의 먹는 손이 되는 게
사람이 살고 노동하는 기쁨이 아니겠는가

봄볕에 땀 흘리며 감자를 심는다
돈 안 되는 거야 농사꾼 앞날처럼 환하지만

제 몸을 쪼개 묻는 감자의 마음속에는
이미 흰 감자꽃 자주 감자꽃 다 피었으니

가난은 예리한 칼

가난은 예리한 칼
칼날 같은 시선이
내 몸을 파고든다

넌 왜 부자가 못되는가
왜 지식인이 못되는가
왜 글로벌 리더가 못되는가

예리한 칼날이 번득이는
시선의 거리를 나는
명품갑옷 한 벌 없이
알몸으로 던져져 걷는다

넌 왜 우리 사회의 수준을 떨어뜨리는가
넌 왜 우리나라의 국격을 떨어뜨리는가

가난은 예리한 칼
가슴에 칼이 꽂힌 젊음이
등짝에 칼이 꽂힌 실직이
피를 흘리며 걸어온다

가난은 예리한 칼

가난은 도처에서 피를 부른다

마침내 피묻은 칼들이 일어선다

고난

폭설이 내린 산을 오른다
척박한 비탈에서 온몸을 뒤틀어가며
치열한 균형으로 뿌리 박은 나무들이
저마다 한두 가지씩은 부러져 있는데

귀격으로 곧게 뻗어 오른 소나무 한 그루
상처 난 가지 하나 없는 명문가 출신에
훤칠한 엘리트를 닮은 듯한 나무 한 그루

하지만 나는 금세 싫증이 났다
너는 어찌 된 행운인가
너에겐 폭풍과 천둥 벼락의 시대도 없었느냐
너에겐 폭설도 눈보라의 부르짖음도 없었느냐

나는 눈길을 걸으며 굽어지고 가지 꺾인
고난의 나무들을 눈길로 쓰다듬는다
장하다 하지만 잊지 마라
너는 상처를 그대로 가져가지 마라
지난날의 고난을 그대로 가져가지 마라
과거를 팔아 오늘을 살지 마라
오늘은 오늘의 상처로 새로운 과제를 줄 테니까

슬픔의 힘

울지마
사랑한 만큼
슬픈 거니까

울지마
슬픔의 힘으로
가는 거니까

울지마
네 슬픔이 터져
빛이 될 거야*

과학을 찬양하다

여신의 옷자락을 들추고
신비를 밝혀가는 과학의 손길이여

나는 과학을 찬양한다
명백히 밝혀진 사실보다 더 신비로운 것은 없으니*

내가 그녀와 사랑을 하고 나서
그녀는 내 인생의 영원한 숙제가 되었듯이

어둠 속을 걸어가는 등불이 지나가면
더 짙은 어둠이 뒤따라 오듯이

과학이 밝혀가는 명백한 등 뒤에는
과학이 파헤치는 미지의 앞길에는

더 깊은 신비이거나
더 깊은 파멸이거나

불편과 고독

외로움이 찾아올 때면
살며시 세상을 빠져나와
홀로 외로움을 껴안아라
얼마나 깊숙이 껴안는가에 따라
네 삶의 깊이가 결정되리니

불편함이 찾아올 때면
살며시 익숙함을 빠져나와
그저 불편함을 껴안아라
불편함과 친숙해지는 만큼
네 삶의 자유가 결정되리니

불편과 고독은
견디는 것이 아니라 추구하는 것
불편과 고독의 날개 없이는
삶은 저 푸른 하늘을 날 수 없으니

굽이 도는 불편함 속에 강물은 새롭고
우뚝 선 고독 속에 하얀 산정은 빛난다

네 가지 신념

지금 우리 사회에는 네 가지 신념이 있다

미친 소를 먹어도 사람은 안 미치니
값싼 미국 소를 들여와 많이 먹자는 사람

미치기 전의 어린 소를 수입해
모두가 값싸게 안심하고 먹자는 사람

풀을 먹은 값비싼 한우를
평등하게 마음껏 먹자는 사람

육식위주로는 건강도 지구도 지속될 수 없으니
채식위주로 식생활을 전환하자는 사람

마스크

새로운 전염병이 세계를 떠돌자
인간은 서로가 서로에게 공포가 되고 말았다
전람회도 지역축제도 학교도 친교모임도
사람이 모이는 모든 곳이 꺼려지고
사람이 경계의 대상이 되고 말았다

인간은 서로가 서로에게 복면이 되고
인간은 서로가 서로에게 전염병이 되고
인간은 서로가 불가촉천민이 되고 말았다

신종플루는 누구의 마케팅일까
새로운 전염병은 누구의 비즈니스일까
이제 우리는 마스크와 마스크의 키스가 되고
만남과 집회는 인터넷의 지저귐이 되고
우리 가족은 멸균실로 흩어져 투명창을 사이에 둔
지구를 망쳐온 수인들의 접견이 돼가는 걸까

괜찮다

우리의 삶은 이미 비즈니스의 만남이 되고
우리의 존재는 이미 유리 진열장에 수용되어

서로 영혼의 마스크를 낀 지 오래 되었으니까

인간은 인간에게 탐욕의 전염병이 되고

인간은 서로에게 폭탄이 된 지 오래이니까

건기의 슬픔

폐허의 지평선에 해가 뜨면
아체 사람들은 햄머를 든다
그늘 한 점 없는 뜨거운 땅 위에
쿵 쿵 무거운 햄머질을 시작한다

엊그제까지만 해도 웃음꽃이 피고
야자수 그늘에 앉아 커피를 마시던
무너진 마을 골목 오래된 집터에서
쿵 쿵 시멘트 덩이를 두들긴다

이대로 구호품이나 받아먹다가는
정말 미쳐 버릴 것만 같아서
단지 미치지 않고 살아 있기 위해서
하루종일 불볕 아래 햄머질을 한다

건기의 마른 땅은 땀방울도 눈물방울도
핏방울마저 흐르지 못하고 말라붙게 하지만
그래도 몸이 깨어져라 쿵 쿵
석양이 질 때까지 햄머를 두들기다
어둠이 내리면 지친 잠이 든다

그러다 문득 새벽잠이 깨면
아무도 없는 텅 빈 천막
거센 파도에 휩쓸리며 울부짖는
아이들과 아내의 비명소리에
홀로 일어나 무릎을 꿇고
하느님, 우리가 무슨 죄가 그리 많았나요
저에게 무슨 희망을 남겨 두셨다고
이토록 감당할 수 없는 시련을 주시나요
새벽을 뒹굴며 소리 없이 울부짖다가
해가 뜨면 다시 햄머를 든다

햄머를 들고, 햄머를 들고,
절망의 무게로 절망을 내리친다
슬픔의 무게로 슬픔을 내리친다
지친 몸이 깨지도록
남은 생이 깨지도록
이 질긴 식민지의 운명이 깨지도록
폐허의 지평을, 건기의 슬픔을,
절망의 무게로 절망의 바닥을 친다

우울

우울한 거리에서
우울한 마음으로
유리창의 자화상을 본다

세상의 모든 우울이란
찬란한 비상의 기억을 품은
중력의 무거움

날자 우울이여
찬란한 추락의 날개로
우울을 뚫고 시대의 우울로

개구리

한 사흘 봄볕이 좋아
눈 녹은 산밭이 고슬고슬하다
먼 길 떠나기 전에 파종을 마치자고
애기쑥 냉이꽃 토끼풀 싹이 오르는 밭을 갈다가
멈칫, 삽날을 비킨다
땅 속에 잔뜩 움츠린 개구리 한 마리
한순간에 몸이 동강 날 뻔 했는데도
생사를 초탈한 잠선에 빠져 태연하시다
가슴을 쓸어내리며 개구리를
밭둑 촉촉한 그늘에 놓아주었더니
어라, 잠에 취한 아기 마냥 엉금엉금
겨울잠을 자던 그 자리로 돌아온다
반쯤 뜬 눈을 껌벅껌벅 하더니
긴 뒷발을 번갈아 내밀며 흙을 헤집고서
구멍 속으로 슬금슬금 들어가
스르르 다시 잠에 빠져버린다

이 사람아, 잠이 먼저고 꿈이 먼저지
뭘 그리 조급하게 부지런 떠느냐고
난 아직 겨울잠에서 깨어날 때가 아니라고
아무리 위대한 일도 자연의 리듬을 따르고

아무리 위대한 사람도 시운時運을 따라야지
세상이 그대 사정에 맞출 순 없지 않냐고,
새근새근 다 못 잔 겨울잠을 자는 것이다

그래 맞다
미래를 대비한다고 열심히 달리고 일하는 건
삶의 향연이어야 할 노동을 고역으로 전락시키는 것
절기를 앞질러 땅을 파고 서둘러 씨 뿌리는 건
삶에 나태한 자의 조급함밖에 더 되겠냐고
나도 삽을 세워놓고 따스한 봄볕에 낮잠이 들었다

돈은 두 얼굴

돈은 두 얼굴
한쪽 면은 자유
한쪽 면은 노예

사람들은 돈을 벌어 자유를 누리겠다지만
돈을 벌기 위해 노예가 되어 일을 하지

돈이 많은 자는 근심걱정으로 자유가 없고
돈이 없는 자는 불평불만으로 자유가 없고

자본주의는 돈 없는 노예와 돈 많은 노예뿐

돈이 있어야 자유롭다고 노래하는 자들아
네 연미복 속에는 피묻은 사슬이 웃고 있지

돈이 없어도 자유롭다고 연주하는 자들아
네 깨달음 속에는 땀 절은 얼굴들이 울고 있지

가득한 한심

오늘은 한심하게 지냈다
일도 하지 않고 책도 읽지 않고
마루에 걸터앉아 우두커니
솔개가 나는 먼 산을 바라보고
봉숭아 곁에 쪼그려 앉아 토옥토옥
꽃씨가 터져 굴러가는 걸 지켜보고
가을 하늘에 흰 구름이 지나가는 걸 바라보고
가늘어지는 풀벌레 소리에 귀 기울이고
소꿉장난하는 아이들과 남편 배역을 맡아 하다가
목이 말라 우물가에서 심심한 물 한 모금 마시고
늘씬한 여자가 지나가는 모습을 바라보다가
연노랑 빛 논길을 지나 고개 숙인 수수밭을 지나
양지바른 무덤가에 누워 깜박 졸다가
붉은 노을에 흠뻑 물들어 집으로 왔다
오늘은 아무것도 하지 않아 가득한 한심으로
기나긴 하루 생을 위대한 스케일로 잘 살았다

고모님의 치부책

고모님이 돌아가셨다
전쟁의 레바논에서 임종도 전해 듣지 못하고
나는 뒤늦게 전라선 열차를 타고
다시 순천에서 동강 가는 버스를 갈아타고
붉은 황토 길을 걸어 고모님을 찾아간다

아버지가 돌아가시고 어머님이 공장으로 떠난 뒤
너무 힘들고 외로운 날이면 타박타박
삼십 리 길을 걸어 찾아가던 고모 집

밭일을 마친 고모님은 어린 나를 와락 끌어안고
눈물바람으로 밥을 짓고 물을 데워 몸을 씻기고
재봉틀을 돌려 새 옷을 지어 입히고 이른 아침
학교 가는 나를 따라나와 까만 점이 될 때까지
손을 흔들고 계셨지

경주 교도소 접견창구에서 20년 만에 재회한 나를
투명창 너머에서 쓸어 만지며 수배 길에 행여나
찾아들까 싶어서 밤마다 대문을 열어놓고
건넛방에 풀 먹인 요와 이불을 깔아놓고 사셨다며
무기징역살이를 어쩌냐고 흐느끼던 고모님

이제 그 작고 다숩던 나의 고모님은
여자만 갯벌바다가 보이는 무덤에 누워 계시고
나는 무덤 위에 두 팔을 벌리고 엎드려
처음으로 고모님을 오래도록 안아 드린다

늘 꽃이 피던 고모님 집은 텅 빈 적막
얼마 전까지 손에 잡던 반질반질한 호미며 괭이며
꽃밭의 원추리, 패랭이꽃, 금강초롱, 꽃창포
처마밑에 정갈히 싸매 단 씨앗봉지들
윤나게 닦아진 종이 장판과 낡은 재봉틀과
앉은뱅이 책상에 가지런히 놓인 내 시집들과
아, 신문에서 오려 붙인 수갑 찬 내 흑백 사진들

나는 빈방에 홀로 우두커니 앉아서
앉은뱅이 책상을 열어보다 금이 간 돋보기 안경과
오래된 묵주와 비녀와 재봉 가위와 참빗을 만져보다가
고모님의 낡은 치부책을 펼쳐본다

연필로 꾹꾹 눌러 쓴 고모님의 공책에는
장날 사 쓴 물품들과 돈의 숫자는 드물고
민자네 고구마밭 반나절, 모내기 사흘,

마늘 수확 이틀, 품앗이 기록과
용주네 논갈이 하루 반, 순재네 장작 여섯 짐,
품앗이 노동의 기록들이 꼼꼼히 적혀 있다

고모님은 돌아가시기 한 달 전부터는
몹시도 힘이 부치셨나 보다
이웃집에 도움받은 창호문 수리 반나절과
무너진 장독대 돌쌓기와 논에 퇴비내기가
갚아야 할 품으로 적혀 있다

나는 치부책 끝 부분의 최근 기록을 살피고 난 후
작업복을 갈아입고 이웃집을 찾아간다
한사코 마다하는 그이를 따라 비닐하우스 일을 돕고
경운기 뒤에 타고 가서 농수로 파는 일을 거들고
유자밭에 솎아내기를 마치고 막걸리에 홍어회로
배를 채운 뒤 고모님의 빈집을 나선다

한참을 걷다 돌아보고 산굽이 넘어 다시 돌아보고
저기 동구 밖 지나 마을 숲까지 따라나와
까만 점으로 손 흔들고 서 계신 나의 고모님

작은 몸매로 거인처럼 빛나는 나의 고모님
이제 나 다시는 고모님 집을 찾지 못하리

나는 남은 생을 다해도 갚을 수 없는
눈물 그렁한 사랑의 빚을 가슴에 품고
여자만 푸른 물결이 넘실대는 고모님의 황토 길을
내 몸 안으로 내어가며 걸어가고 있었다

정점

금욕이 지나치면
꿈이 괴롭다

햇살 쏟아지는 고원에서
내 이상형인 어느 여인과
야생의 알몸으로 얽혀 있는데
정점에서
정점에 도달해서도
터지지 않는다
마리화나에 취한 듯
하얗게 이어지는 정점은
천국이 아닌 지옥의 시간

모든 것들이 정점에 달해
터지지 않는 정점의 시대
언젠가는, 언젠가는,
하얗게 이어지는
정점의 불감증

터지지 않는 정점의
악몽에서 깨어나

식은땀에 젖어 우두커니

어둠 속에 앉아 있는

불길한 문명의 한밤중

우아한 뒷간

내가 땅을 갖게 되는 날
나는 맨 먼저 아주 우아한 뒷간을 지으리라
앉아서 보면 풍광이 좋고 시원한 바람이 통하는
송진 냄새나는 나무로 지은 멋진 해우소를
나의 똥오줌은 햇볕과 바람에 잘 삭아서
논밭과 화단에 훌륭한 거름이 되리라

똥오줌이 무엇인 줄 알지 않는가
나팔꽃이고 수선화꽃이고 국화꽃이며
상추 오이 고추 감자 녹두 배추이며
황금빛 벼 이삭이며 김 오르는 흰 쌀밥이며
엄마의 젖이며 아가의 보드라운 살결이며
내 품에 안기는 그녀 입술의 촉감이며
우리 몸속을 돌고 있는 따뜻한 피가 아닌가

내가 이 지상에 가장 먼저 짓는 건축물은
아주 멋지고 시원한 뒷간이리라
그 순간 나는 폐기물 덩어리 인간에서
폐기물이란 없는 자연인으로 진보하리라

산 위에서 죽자

우리가 죽을 수밖에 없다면
양처럼 죽지는 말자
온순하게 말과 글을 벗기우고
집과 마을에서 쫓겨나고
가난 속에 짐승처럼 죽지는 말자

우리가 죽을 수밖에 없다면
산 위에서 죽자
불탄 마을과 집터를 바라보며
쿠르드어로 외치는 최후의 외마디로
산 위에서 사람으로 죽자

저들이 아무리 무장 군인이 많아도
저들이 아무리 첨단 무기가 많아도
우리는 함께 꿈을 꾸는 쿠르드인
저들이 쏘는 수천 발의 총알보다
우리의 단발이 치명타가 되게 하자

우리 앞에 무덤조차 없다 한들 어쩌란 말인가
우린 이미 집도 없고 땅도 없고
말도 없고 글도 없고 미래도 없는걸

하발이여 어쩌란 말인가

쿠르디스탄은 선하고 용기있는 사람들의 땅
저들의 탐욕과 잔인성이
이 아름다운 쿠르드 땅 위에서
영원한 무덤이 되게 하자

우리가 죽을 수밖에 없다면
눈 덮인 산 위에서 죽어서
저 먼 평화의 마을을 바라보며 죽자

다흐기비들!
산과 같아라

그대 날마다 산처럼 쓰러지고
그대 날마다 산처럼 일어서라

종교 놀이

우린 재미삼아
종교를 하나 만들었다
권력자와 부자들을 주로 섬기고
땅끝까지 성전만 높여 가며 전쟁이나 뿌리는
예수 붓다 마호메트 공자 브라흐만
수행자 아닌 성직자 놈들은 일단 목을 쳐버렸다

우리의 사도는 나무님 해님 물님 바람님
흙님 바다님 갯벌님 사막님 꽃님 별님
새님 벌님 지렁이님 따위다

우리의 기도문은 간단하다
사랑해 고마워 미안해이다
우리의 찬송가는 미소 띤 침묵이고
세계의 민요이고 찬탄이고 웃음소리이다
우리의 신앙고백은 포옹이다
만나면 반갑다고 뽀뽀뽀
헤어질 땐 그립다고 껴안는다

우리의 첫 번째 계율은 기쁨이다
자신에게 주어진 것에 감사하고

삶을 그 자체로 즐기는 거다
좋은 날도 힘든 날도 기쁨도 슬픔도
그것의 옆구리에 손을 집어넣어 열매를 따 먹고
이만하면 넉넉하다고 함께 웃으며 가는 거다

우리의 두 번째 계율은 우정과 환대이다
삶의 마당에 우정과 사귐의 꽃을 피우고
낯선 이방인을 반기고 밥과 차를 함께 드는 거다
나누지 못하고 끼리끼리 성을 쌓는 자들은
천대받아 마땅한 자다

우리의 세 번째 계율은 아름다움이다
대지에 뿌리 박은 노동의 아름다움
적은 소유로 기품 있게 살아가는 아름다움
불의와 거짓에 맞서는 아니오!의 아름다움*
건강하고 활기에 찬 아름다움을 사는 거다

우리의 헌금은 아주 특별히 세다
헌금할 돈조차 없게만 벌어라
그대가 꼭 필요한 만큼만 최소한으로 일하고
최대한 삶의 여유를 가져라

너의 자급자립하는 삶의 자유함을 바쳐라

그래도 돈이 조금 남는다면
가능한 국경 너머 네가 발 딛고 선
지구마을 어려운 이웃들에게 돌려주라
쌓아두거나 불리거나 베푸는 마음으로
소리 내며 주는 자는 재앙에 떨어지리라

우리 종교의 성전은 삶의 현장이다
노동 현장이고 대자연이고 가정이고
정의로운 집회시위 현장이고 기아분쟁 현장이다
거기 살아 있는 눈물과 피와 공포에 떠는
힘없고 가난한 자의 눈동자가 신이 계신 성전이다

그리하여 우리 종교는 명하노니
그대는 오직 행복하라
이 대지의 삶은 순간이다
그러니 그대 지금 바로 행복하라

우리는 재미삼아 종교를 하나 만들었다
우리는 진지하게 그 믿음을 살아간다

따뜻한 계산법

그 시절 우리 동네에선
따뜻한 계산법이 살아 있었네
자신이 농사를 지을 수 없게 되면
이웃에게 그 땅을 빌려주곤 했는데
대가는 현금도 아니고 고정률도 아니었네

풍작이 든 해엔 세 가마를 받고
서로 기쁨을 공유하고
흉작이 든 해엔 한 가마를 받아
서로 고통을 나눠 갖는
참 아름다운 셈법이었네

그것은 그 땅과 이어진 사람들끼리
운명을 같이 하는 삶의 경제였네
내가 처음 배운 경제는 그렇게
인간의 얼굴을 한 따뜻한 경제였네

나에게 그런 따뜻한 계산법이 아닌 것은
다 불행을 생산하는 냉혹한 돈벌이고
삶의 파탄으로 질주하는 탐욕의 열정이고
머지않아 공멸하고 말 세계일 뿐이네

뉴타운 비가

건넛마을이 재개발되어 뉴타운이 들어서면서
하루아침에 사람들 생활이 편리해졌다
대형마트에서 신선하고 값싼 쇼핑을 하고
스타벅스에서 원두커피를 골라 마시고
아이들은 수준 높은 학원 차에 몸을 싣게 되었다

하루아침에 마을 사람들이
편해지고 빨라지고 세련되어지자
내 삶은 그만큼 초라하고 우울해졌다

하루아침에 마을 야산 산책길을 잃었고
밤하늘에 빛나던 별들이 강제이주당했고
그녀와 산책하다 키스를 하던
사과나무 길까지 CCTV가 설치되어
내 사랑은 불륜처럼 찍히게 되었다

된장찌개를 잘하던 내 단골 밥집이 사라지고
빠지는 머리숱을 걱정해주던 단골 미용실도
외상으로 라면도 사던 단골 가게도 사라지고
고소한 손두부집도 과수원댁이 연 과일가게도
신문과 우편물을 받아 건네주던 단골 세탁소도

내가 앉아 책을 읽고 시를 쓰던 창가 자리에
손수 담근 모과차와 들꽃을 꽂아주던 단골 찻집도
하루아침에 멸종되듯 사라져 버렸다

우리 동네 단골집들이 사라지자
소소한 일상을 이야기하고 근심걱정을 나누고
서로 이름을 불러주고 안부를 물어주던
인정 어린 미소들이 뿔뿔이 사라졌다
갑자기 일이 생기고 아플 때 서로 기대던
친밀한 인간관계들이 사라졌고
하루아침에 내 삶의 뿌리가 끊어져 나갔다

'경축 재개발' 펼침막이 골목마다 나부끼고
뉴타운 개발로 불도저가 으르렁거리면서
하루아침에 풀꽃 같은 웃음꽃들이 철거당하고
하루아침에 생활 속의 민주주의가 쪼그라들고
하루아침에 우애어린 삶들이 살해되어 나갔다

호랑이 울음소리

동네가 한바탕 시끌벅적하다
배나무 집 흰둥이와 누렁이가
새끼 일곱 마리를 낳았는데
한 마리가 호랑이 무늬를 타고났단다

이거 庚寅年에 우리나라 경사난 것 아니냐
황우석이 다시 불러 복제해야 하는 거 아니냐
'세상이 이런 일이' TV에 내보내야 하는 거 아니냐
폰카로 찍어 날리며 야단들이다

이제 모든 사람들이 첨단 과학자고
PD고 연예인이고 홍보 마케터다

해질녘 배나무 아래 개집 앞에서
혼자 쪼그려 앉아 강아지들을 본다
아직 눈도 못 뜨고 어미 젖을 필사적으로
물고 있는 앙징한 것들

정말 신비하다
흰 개와 누렁개 사이에서
어떻게 선명한 호랑이 무늬를

홀로 타고났을까

수억 년의 진화 과정에서
너는 한때 늑대였고 호랑이였던가
네 조상으로부터 몸속에 까마득히 보존해온 것들이
이렇게 전혀 다른 시간과 장소에서
돌연 출현한 것인가

동네 개들이 짖어대는 노을 길을 걸어오면서
나는 내 몸 안에 아득히 보존된
호랑이 울음소리에 귀 기울이며
거대한 사육장의 세계를 걸어간다

뜨내기

이번 생에서
가장 큰 슬픔과 부끄러움이 있다면
뜨내기로 살아왔다는 것

고향 땅에 뿌리내리지도 못하고
터무늬 없이 떠돌아다녔다는 것
슬프게도 가장 오래 산 집이
경주 교도소 감옥 독방이었다는 것

사람은 자기와 친숙하게 살아온 것들은
결코 함부로 대하지 못하는 법인데
고향 땅의 감나무 한 그루도
추억이 깃든 개여울 하나도
부대끼며 살아온 정든 소 한 마리도
서로 조상까지 아는 이웃들이 그러하듯

사람들이 살고 있는 터전을 싹 밀어내고
땅을 파헤치고 강물을 죽이는 자들은
언제나 돈을 찾아 떠도는
많이 배운 뜨내기들
언제나 돈의 복화술로 거짓말하는

뜨내기 전문가들

나는 그들에게 밀려나고 추방당해
다시는 돌아갈 수 없는 길로 떨어져 나온
뜨내기 슬픔의 생

내 행로를 밟고 추적하는 살인기계처럼
내가 산 집과 골목과 내 발자국까지
차근차근 따라오는 저 거대한 지우개
이제 나는 돌아갈 자리가 없어라

그래 고맙다
나는 너를 돌아보지 않으리라
과거에 잡히지도 않으리라
돌아보지 않고 안주하지 않고
뜨내기 생의 슬픔으로
뜨내기 생의 분노로
돈을 찾아 떠도는 많이 배운 뜨내기들,
저 국경 없는 적들과 끈질기게 맞서리라
무엇 하나 쌓아두지 않은
뜨내기 슬픔의 힘으로

오래된 것들은 다 아름답다

시간은 모든 것을 쓸어가는 비바람
젊은 미인의 살결도 젊은 열정의 가슴도
무자비하게 쓸어내리는 심판자이지만

시간은 아름다움을 빚어내는 거장의 손길
하늘은 자신이 특별히 사랑하는 자를
시련의 시간을 통해 단련시키듯
시간을 견뎌낸 것들은 빛나는 얼굴이 살아난다

오랜 시간을 순명하며 살아나온 것
시류를 거슬러 정직하게 낡아진 것
낡아짐으로 꾸준히 새로워지는 것

오래된 것들은 다 아름답다

저기 낡은 벽돌과 갈라진 시멘트는
어디선가 날아온 풀씨와 이끼의 집이 되고
빛바래고 삭아진 저 플라스틱마저
은은한 색감으로 깊어지고 있다

해와 달의 손길로 닦아지고

비바람과 눈보라가 쓸어내려준
순해지고 겸손해지고 깊어진 것들은
자기 안의 숨은 얼굴을 드러내는
치열한 묵언정진默言精進 중

자기 시대의 풍상을 온몸에 새겨가며
옳은 길을 오래오래 걸어나가는 사람
숱한 시련과 고군분투를 통해
걷다가 쓰러져 새로운 꿈이 되는 사람

오래된 것들은 다 아름답다

내가 살고 싶은 집

내가 살고 싶은 집은
작은 흙마당이 있는 집

감나무 한 그루 서 있고
작은 텃밭에는 푸성귀가 자라고
낮은 담장 아래서는 꽃들이 피어나고

은은한 빛이 배이는 창호문가
순한 나뭇결이 만져지는 책상이 있고
낡고 편안한 의자가 있는 집

문을 열고 나서면
낮은 어깨를 마주한 지붕들 사이로
구불구불 골목길이 나 있고
봉숭아 고추 깻잎 상추 수세미 나팔꽃 화분들이
촘촘히 놓인 돌계단 길이 있고

흰 빨래 널린 공터 마당에
볼이 발그란 아이들이 뛰놀고
와상 한켠에선 할머니들이
풋콩을 까고 나물을 다듬고

일 마치고 온 남녀들이 막걸리와 맥주잔을 권하는
그런 삽상한 인정과 알맞은 무관심이 있는 곳

아 내가 살고 싶은 집은
제발 헐리지 않고 높이 들어서지 않고
돈으로 팔리지 않고 헤아려지지 않는
모두들 따사로운 가난이 있는 집
석양빛과 달빛조차 골고루 나눠 갖는
삶의 숨결이 무늬진 아주 작고 작은 집

식구 생각

그해 겨울 저녁
창호문 밖에는 싸락눈이 내리고
김을 굽고 꼬막을 삶은 이별의 밥상 앞에서
그날부로 이산가족이 되는 우리에게 엄니는 말했다
나는 울산 공장으로 간다
형과 누나는 서울로 가서 학비 벌어 공부하고
펭이는 막내와 여그 고향서 따로 살아야 한다
인자 오늘부로 우리 가족은 한 식구가 아니다

한 식구가 아니다!

난 갑자기 눈물이 핑 돌았다
이제 우리 가족은 한 밥상에서 밥을 먹지 못한단다
정신없이 까먹던 꼬막이 목에 메였다

우리 가족은 언젠가 다시 한 식구로 모이겠지만
명심들 하그라 어디서나 한 밥상에 둘러앉아
함께 밥 먹는 사람은 누구나 다 한 식구다
울지 말고 다시 모여 함께 살 날을 기도하자

그날 이후 우리 가족은 영영

다시 한 식구로 모여 살지 못했네

어머니는 울산으로 여수로 일터를 떠나디고
형과 막내는 사제가 되고 수녀가 되고
누나들도 일가를 이루어 힘든 노동의 밥을 먹고
나는 공장 기숙사로 수배 길로 감옥으로 떠돌았네

낯선 이들과 한 밥상에 앉아 밥을 먹거나
감옥 독방 벽 앞에서 홀로 밥을 먹다 보면
나도 모르게 울컥 목이 메이기도 했지만
그날 우리 가족의 마지막 밥상머리에서
인자 오늘부로 우리 가족은 한 식구가 아니다
함께 밥 먹는 사람은 누구나 다 한 식구다
그 말씀이 생각나 눈을 감고 꼬옥 꼬옥 밥을 삼켰네

이제 나에게는 가족도 없고 아이도 없고
그러나 새로운 식구들은 자꾸만 늘어나
피가 다르고 피부색이 다르고 믿음이 달라도
함께 울고 웃고 꿈꾸며 한 밥상에 앉아 밥을 먹는
우리는 핏줄만큼 뜨거운 한 식구임을 명심했네

양들의 사령관

에티오피아의 9살 소녀 수잔나는
맨발에 둘라 하나로 고원을 지휘하는 듯
포스 넘치는 양들의 사령관이다

수잔나, 네 양들이 몇 마리니?
글쎄요. 아마 50마리쯤…
학교를 다니지 못해 수잔나는
자기 양들의 숫자도 모르나 보다 했더니

근데 이 양은 지금 발목이 다쳐 아프구요
이 양은 새끼를 배어 있는 중이구요
이 양은 하루에 두 양푼씩 젖을 주는 양이구요
이 귀여운 점박이 양은 난지 한 달 됐구요
애는 말썽꾸러기 녀석이에요
수잔나는 양 한 마리 한 마리를 쓰다듬으며
자랑스럽게 나에게 소개해준다

아 숫자가 무슨 소용인가
사물의 질적 차이를 알아보지 못하는
숫자가 무슨 소용인가

얼굴 없는 숫자는 죄악이다
숫자가 압도한 삶은 죽음이다
숫자가 지배한 사회는 죽은 세상이다
순전히 양적인 소유의 집착은
정말로 중요한 삶의 질을 추락시킨다

떨어진 옷자락을 날리며
양들을 몰고 가는 아홉 살 맨발의 수잔나는
진실로 양들의 신뢰와 사랑을 받는
위엄 있는 양들의 사령관이었다

사로잡힌 영혼

나 어릴 적 아랫마을 용이 아제가
나뭇단 위에 꽂아온 진달래꽃을 건네주며
평아 빈산에 첫 꽃이 피었다야 참 곱지야
한 입 먹어봐라 속이 환하제

물동이를 이고 흰 서릿길을 걸어오던 점이 누나가
이마에 흐르는 물방울을 부드러운 손길로 뿌려내면서
평아 벌써 일어났냐아 샘물도 단풍이 들었다야
하도 가슴이 애려 퐁당 빠져들 뻔 했다야

아침 마당을 쓸기 싫다는 나를 마루에 앉혀두고
대빗자루 자국 선명하게 마당을 쓸고 난 어머니가
마당가 감나무 곁으로 걸어가 톡, 건드려
물든 감 잎사귀를 흙마당에 떨구고 나서 말없이
내 곁에 앉아 역광에 빛나는 붉은 잎을 바라보다가
평아 가을 아침이 참 고요하지야 미소 지을 때

바로 그때, 무언가 심오한 것이 내 마음속에서
전율하며 살아나는 경이로움에 그만 눈을 감았고
바로 그 순간, 무언가 말할 수 없는 것이 아득히
나를 데려가는 것을 떨림으로 지켜보았으니

나는 족쇄에 걸린 상상력도 미학도 인문학도 아닌
그냥 서럽고 환하고 가슴 시린 그 아름다움이란 것에
사로잡힌 영혼이 되고 말았으니

시체공시장

그녀와 새벽길을 걷는다
검은 차도르의 옷자락 소리가
어둠의 정적을 일깨운다

길게 전시된 시체공시장

검은 비닐을 벗겨가던 여자가
푹 쓰러진다
폭격당한 나무처럼

또 다른 여자가 쓰러진다
치마를 붙잡고 선 아이들이
칼날처럼 울부짖는다

새벽 미명 속에
하나 둘 시체들이 일어서고
아이들의 젖은 눈동자에
붉은 해가 일어선다

나의 작은 것들아

나의 작은 것들아
다 어디로 갔느냐

산길에는 청설모만 날뛰는데
나의 작은 다람쥐들아
다 어디로 갔느냐

들꽃에는 말벌들만 설치는데
나의 작은 꿀벌들아
다 어디로 갔느냐

개울 속의 피라미들아 새뱅이들아
흰 나비들아 도롱뇽들아
흙마당의 병아리들아
풀밭의 아기염소들아
골목길에 뛰놀던 아이들아
밤하늘에 글썽이던 잔별들아
다 어디로 갔느냐

하루 일을 마치고 노을 속에 돌아와
둥근 밥상에 둘러앉아 조곤거리던

나의 작은 웃음꽃들아
저물녘 산그림자처럼 여유롭게 걷던
나의 작은 걸음들아

밤이면 시를 읽고 편지를 쓰고
창 너머 기타 소리 낙엽 지는 소리에도
나도 모르게 가슴 애려 눈물짓던
나의 작은 떨림들아

알알이 여물어 가던 들녘의
내 작은 노동과 평화는
생기 차고 조용한 아침의 나라는
작지만 기품있는 내 나라는
다 어디로 갔느냐

내 눈물 어린 작고 소박한 꿈들아
나의 사랑하는 작은 것들아
다 어디로 갔느냐

총과 펜

네가 기관총에 실탄을 장착할 때
나는 만년필에 잉크를 채운다

네가 첨단 전자 무기를 정조준할 때
나는 낡은 수동식 카메라를 들이댄다

네가 천문학적인 전쟁 비용을 신청할 때
나는 전쟁의 거리에서 문득문득 빚을 헤아린다

네가 승전의 V 字를 그리며 TV 화면을 채울 때
나는 폭격당한 골목에서 전쟁의 슬픔을 채운다

네가 다음 목표로 이란, 북한, 시리아를 겨냥할 때
나는 내가 죽어 평화의 씨앗을 심어갈
저 먼 길을 바라다본다

담대한 희망

오바마가 당선되던 날
우리는 축배를 들었다
그것으로 끝이었다

맥주 거품이 가라앉을 때쯤
'담대한 희망'은 지금부터
'거대한 절망'일 거라고

Yes, We Can!

그 우리에서 나는 빠진다고
세계의 가난한 자들은 빠진다고
이라크와 팔레스타인과 레바논과
아프가니스탄과 북한 인민은 빠진다고

토박이 원주민과 지구 자연과
정의와 평화와 전통의 삶은 빠진다고

새로운 오바마가 다시 출현한다 해도
그들의 담대한 희망에서
나와 우리는 담대하게 빠지겠노라고

유보

태양은 어둠 속에서도
단 한순간도 빛을 유보하지 않는다

솔씨는 땅 속에서도
단 한순간도 금강송을 유보하지 않는다

산매화는 눈보라 속에서도
단 한순간도 꽃망울을 유보하지 않는다

삶은 유보하지 말아야 한다
옳은 건 유보하지 말아야 한다

준비를 위한 유보는 없다
좋은 삶이 곧 최고의 준비다

유보할 것은 삶의 본질을
유보하려는 바로 그것이다

래디컬한가

가도 가도 일이 풀리지 않고
사태가 꼬여간다고 느낄 때는
단 하나의 물음을 던져야 한다

단 하나다
아이에게 엄마는 단 하나고
시인에게 시어는 단 하나 듯

나는 충분히 래디컬한가

사태를 전체적으로 바라보고
문제의 뿌리까지 파고 들어가
근원에서 파악하고 풀어가는 것

그리하여 복잡하게 뒤틀린 것을
단순하게 바로잡아가는 원리
언제나 정직은 최선의 길이 아니던가

강물의 래디컬은 굽이굽이 흘러감이다
사랑의 래디컬은 자기를 내주는 것이다
정치의 래디컬은 기득권을 허무는 것이다

단순성
정직성
근원성

래디컬하다는 것은 가장 현실적인 것
언제나 근원의 진실을 거부하는 자들은
뭔가 기득권을 갖고 있는 자들뿐

나는 충분히 래디컬한가

결단 앞에서

평소에는 생각이 많아야 한다
그러나 결단 앞에서는 단순해야 한다
옳은 결단은 언제나 내어주는 쪽이다

어려운 결단을 내리고 나면
새로운 복잡함과 역풍이 불어 닥치고
반드시 그 결단을 후회하게 되리라
그것을 얼마나 단순하게 잘 견뎌내느냐가
결단의 성패成敗를 좌우하게 된다

진리는 언제나 복잡한 현실을 품고
가장 단순한 얼굴로 걸어가는 것이니

은빛 숭어의 길

그 가을 고향 갯가에 노을이 질 때
나는 마른 방죽에 홀로 앉아서
바다로 떨어지는 강물을 바라보았지

숭어들이 눈부신 은빛 몸을 틀며
바다에서 강물 위로 뛰어오르는 걸
말없이 바라보고 있었지

그렇게 거센 물살을 거슬러
숭어는 어떻게 그럴 수 있을까
나는 몸을 떨며 지켜보고 있었지

가도 가도 어둠 깊은 시대를 달리며
절망이 폭포처럼 떨어져 내릴 때면
그날의 은빛 숭어를 떠올리곤 했었네

가난한 사람들이 벼랑 끝에서 떨어져 내릴 때
인간성이 급류에 휩쓸려 무너져 내릴 때
나는 그 은빛 숭어의 길에 대한 믿음 하나
끝내 버릴 수 없었네

급류로 떨어지는 물기둥 한 중심에는
강력한 상승의 힘이 들어 있어
거세게 떨어지는 중력을 상쇄하는
가벼운 나선의 길이 숨어 있다고,
물질세계가 추락할 때 그 한 중심에는
정신의 상승로가 내재되어 있다고

지금 모든 것이 무너지는 정점의 시대에
더 높은 인간성으로 도약할 수 있는
신비한 기회의 길이 내재되어 있다고
나는 은빛 숭어의 길에 대한 믿음 하나
끝내 저버리지 않았네

마지막 선물

그 여자가 떠나갔다
여고 시절 시인을 꿈꾸던 그녀가
마흔두 살 고운 몸매의 그녀가

초라한 장례식장엔 밤이 깊어도
조문객도 없이 텅 비어 있는데
그녀가 무슨 부덕을 저질렀던가

백만 원짜리 일터에서 달려온
유순하기만 한 그녀의 남자와
상주 옷을 입고 서 있는 어린 남매
가난은 살아서 쓸쓸했던 것처럼
죽어서도 이렇게 쓸쓸한 것일까

오래된 스냅 사진에서 오려내 확대한
그녀의 영정 사진은 희미하게 미소 짓고 있는데
지하공장에서 120만 원을 벌던 그녀는
속이 아파도 병원조차 가지 못하고 갑자기 쓰러져
위장암 말기로 판정나자 그날 밤부터
음식도 치료도 거부하며 스스로 죽음을 선택했다
그것이 아이들에게 해줄 수 있는

자신의 마지막 선물이라며

텅 빈 장례식장에 앉아 밤은 깊어 가는데
그녀를 보내는 마지막 길이 너무 쓸쓸해
어디서 일당을 주고 조문객이라도
가득 불러왔으면 하는 망상을 하다가
나는 홀로 쓰디쓴 소주잔을 든다

관 속에 잠든 그녀의 얼굴은
살아 있을 때와 같이 죽어서도 너무 창백해
마지막 어둠 속으로 가는 길에 햇볕이라도
오래 쪼여 보냈으면 하는 생각을 하다가
가루가 된 그녀의 한 생을 뒤따라 간다

아 가난한 자는 이 지상에 한 평 묘지도 없고
케이크 상자 만한 납골당 한 칸 주어질 수 없어
공동 산골처에 뼛가루를 부으며 우는 남매에게
이 나라는 또 무얼 선물할 것인가

햇빛도 들지 않는 반지하 방에서
엄마의 낡은 옷을 상자에 담으며 우는 아이들

지하공장에서 반지하 방으로 왕복하던 그녀에게
햇살 바른 무덤 하나 주지 못한 이 땅에서
아이들은 커서 어디에서 엄마를 추모할까

마흔두 살 아직 고운 몸매로
시인을 꿈꾸던 그녀가 한 줌 재로 흩어져 갔다
어린 남매에게 마지막 선물을 남기고

가난은
자녀에게 물려줄게
42살, 죽음밖에 없다

벌

첫 꽃망울이 터지자마자
벌들이 다시 찾아왔다
날카로운 전자파를 뚫고
독한 살충제와 공해를 뚫고

총알이 나는 전쟁터를 달려온
아프가니스탄 아이의 작은 맨발처럼
벌들은 그 작은 날개로
얼마나 멀고 험한 길을 날아왔을까

메마른 아프리카 여인의 품에 안겨
젖을 빠는 아이처럼 벌들은 지금
검은 고목에 갓 피어난 유백색 꽃술에 안겨
마른 젖을 빨며 잉잉거린다

아이 울음소리 나지 않는 마을은
인류의 멸종을 향해 가는 길이듯
벌들이 찾아오지 않는 봄은
불임의 침묵으로 종말을 향해 가는 봄

인공위성이 지구를 돌며 내 위치를 알려줘도

빛의 속도로 도서관이 나에게 날아와도
누가 내 식탁에 밥과 과일을 올려줄까
죽음을 뚫고 다시 찾아온 벌들이 아니라면
저 작은 날개로 꽃가루를 나르는
생명의 배달부가 아니라면

겨울 사랑

사랑하는 사람아
우리에게 겨울이 없다면
무엇으로 따뜻한 포옹이 가능하겠느냐
무엇으로 우리 서로 깊어질 수 있겠느냐

이 추운 떨림이 없다면
꽃은 무엇으로 피어나고
무슨 기운으로 향기를 낼 수 있겠느냐
나 언 눈 뜨고 그대를 기다릴 수 있겠느냐

눈보라 치는 겨울밤이 없다면
추워 떠는 자의 시린 마음을 무엇으로 헤아리고
내 언 몸을 녹이는 몇 평의 따뜻한 방을 고마워하고
자기를 벗어버린 희망 하나 커 나올 수 있겠느냐

아아 겨울이 온다
추운 겨울이 온다
떨리는 겨울 사랑이 온다

팔루자의 아마드

아홉 살 소년 아마드는
무너진 골목길로 뛰어들며 외쳤다

죽은 척해야 해요!
살아남으려면 죽은 척해야 해요

귀청을 찢는 총성이 울리고
으르렁거리는 탱크 소리가 가까워 왔다

미군들이 문을 두드렸고
아빠에게 총을 쏘았어요
부엌으로 피한 우리 가족 모두를
총으로 쏘았어요
저만 엄마 밑에서 살아남았어요

그러니 죽은 척해야 해요
여기 엎드려 죽은 척해야 해요
내가 올 때까지 꼼짝 말고 죽은 척
엎드려 있어야 해요

아홉 살 아마드는 몇 번이나

눈을 크게 뜨고 외치더니
그 작은 손에 돌멩이를 쥐고
미군 탱크를 향해 달려나가는 거였다

나를 휩쓸어다오

티그리스 강이여
유프라테스 강이여
한 번만 더 범람해다오
노아의 홍수처럼 온 세상을 휩쓸어
알 자지라 평원으로 만들어 버리던
장엄한 너의 물살로
한 번만 더 나를 휩쓸어다오

자그로스 산맥의 만년설이여
이월의 아침, 첫 비가 내릴 때
너의 흰 몸으로 병든 대지를 안고
한 번 더 시리게 울어 나를 씻겨다오

병적인 성급함과 지나치게 복잡해진 머릿속과
물신으로 마비되어버린 심장과
욕심껏 담아둔 지식과 소유의 댐들을
깨끗이 휩쓸어 허물어다오

그리하여 수메르 시대처럼
지혜는 신선하고 청명하며
삶은 명랑한 소녀처럼

춤추며 흐르게 해다오

수시로 물길을 바꾸던 그 옛날처럼
주어진 길도 지름길도 없이
내가 가야 할 길을 예시하던 그 시대처럼
너의 부드러운 공포를 보여다오

그대 한 번만 더 파괴의 창조자로
다시 한 번 나를 휩쓸어다오
다시 한 번 나를 재생해다오

잠시 후

노을진 길을 걸어
물길 훌쩍 뛰었더니
솟구치는 새 한 마리

한 마리 새소리에
일제히 우짖으며 날아오르는
수백 수천의 새떼들

빈들에
저렇게 수많은 새들이
잠복하고 있었다니

붉은 하늘에 펼쳐진
새들의 장엄한 춤
둥근 지구의 자오선을 따라
무기의 국경을 넘어온 새들

철새들
철을 아는 새들
때를 아는 새들

잠시 후 때가 오리라
위기의 발자국 앞에
처음 솟구치는 소리 하나에
일제히 소리치고 일어나는
비상의 때가

마침내 때가 오리라

저문 시대의 하늘을 날아올라
푸른 새벽을 열어가는
장엄한 새들의 군무가,
잠복한 네 가슴 속
첫 새소리가

그러니 그대 사라지지 말아라

안데스 산맥의 만년설산
가장 높고 깊은 곳에 사는
께로족 마을을 찾아가는 길에

희박한 공기는 열 걸음만 걸어도 숨이 차고
발길에 떨어지는 돌들이 아찔한 벼랑을 구르며
태초의 정적을 깨뜨리는 칠흑 같은 밤의 고원

어둠이 이토록 무겁고 두텁고 무서운 것이었던가
추위와 탈진으로 주저앉아 죽음의 공포가 엄습할 때

신기루인가
멀리 만년설 봉우리 사이로
희미한 불빛 하나

산 것이다

어둠 속에 길을 잃은 우리를 부르는
께로족 청년의 호롱불 하나

이렇게 어둠이 크고 깊은 설산의 밤일지라도

빛은 저 작고 희미한 등불 하나로 충분했다

지금 세계가 칠흑처럼 어둡고
길 잃은 희망들이 숨이 죽어가도
단지 언뜻 비추는 불빛 하나만 살아 있다면
우리는 아직 끝나지 않은 것이다

세계 속에는 어둠이 이해할 수 없는
빛이 있다는 걸 나는 알고 있다*
거대한 악이 이해할 수 없는 선이
야만이 이해할 수 없는 인간정신이
패배와 절망이 이해할 수 없는 희망이
깜박이고 있다는 걸 나는 알고 있다

그토록 강력하고 집요한 악의 정신이 지배해도
자기 영혼을 잃지 않고 희미한 등불로 서 있는 사람
어디를 둘러 보아도 희망이 보이지 않는 시대에
무력할지라도 끝끝내 꺾여지지 않는 최후의 사람

최후의 한 사람은 최초의 한 사람이기에
희망은 단 한 사람이면 충분한 것이다

세계의 모든 어둠과 악이 총동원되었어도
결코 굴복시킬 수 없는 한 사람이 살아 있다면
저들은 총체적으로 실패하고 패배한 것이다

삶은 기적이다
인간은 신비이다
희망은 불멸이다

그대, 희미한 불빛만 살아 있다면

그러니 그대 사라지지 말아라

*

박노해 시인

1957 전라남도에서 태어났다. 16세에 상경해 노동자로 일하며 선린상고 (야간)를 다녔다. **1984** 27살에 첫 시집 『노동의 새벽』을 출간, 군사독재 정권의 금서 조치에도 100만 부가 발간되며 한국 사회를 충격으로 뒤흔들었다. 감시를 피해 사용한 박노해라는 필명은 '박해받는 노동자 해방'이라는 뜻으로, 이때부터 '얼굴 없는 시인'으로 알려졌다. **1989** 〈남한사회주의노동자동맹〉(사노맹)을 결성했다. **1991** 7년여의 수배 끝에 안기부에 체포, 24일간의 고문 후 사형이 구형되고 무기징역에 처해졌다. **1993** 감옥 독방에서 두 번째 시집 『참된 시작』을 **1997** 옥중에세이 『사람만이 희망이다』를 출간했다. **1998** 7년 6개월 만에 석방되었다. 이후 민주화운동가로 복권됐으나 국가보상금을 거부했다. **2000** "과거를 팔아 오늘을 살지 않겠다"며 권력의 길을 뒤로 하고 비영리단체 〈나눔문화〉(www.nanum.com)를 설립했다. **2003** 이라크 전쟁터에 뛰어들면서 전 세계 가난과 분쟁현장에서 평화활동을 이어왔다. **2010** 낡은 흑백 필름 카메라로 기록해온 사진을 모아 첫 사진전 「라 광야」展과 「나 거기에 그들처럼」展(세종문화회관)을 열었다. 시집 『그러니 그대 사라지지 말아라』를 출간했다. **2012** 나눔문화가 운영하는 〈라 카페 갤러리〉에서 박노해 사진전을 상설 개최, 총 39만 명이 관람했다. **2014** 아시아 사진전 「다른 길」展(세종문화회관) 개최와 함께 『다른 길』을 출간했다. **2019** 사진에세이 시리즈 『하루』를 시작으로, 『단순하게 단단하게 단아하게』, 『길』, 『내 작은 방』, 『아이들은 놀라워라』, 『올리브나무 아래』를 출간했다. **2020** 시 그림책 『푸른 빛의 소녀가』를 출간했다. **2021** 『걷는 독서』를 출간했다. **2022** 시집 『너의 하늘을 보아』를 출간했다. **2024** 첫 자전수필 『눈물꽃 소년』을 출간했다. 30년 동안 써온 한 권의 책, 우주에서의 인간의 길을 담은 사상서를 집필 중이다. '적은 소유로 기품 있게' 살아가는 삶의 공동체 〈참사람의 숲〉을 꿈꾸며, 시인의 작은 정원에서 꽃과 나무를 심고 기르며 새로운 혁명의 길로 나아가고 있다.

사진과 글로 시작하는 하루 〈박노해의 걷는 독서〉 🅕 parknohae 🅞 park_nohae

박노해 시집
그러니 그대 사라지지 말아라

2024년 10월 29일 초판 63쇄 발행
2010년 10월 16일 초판 1쇄 발행

지은이 | 박노해
편집 | 김예슬, 윤지영
디자인 | 홍동원, 윤지혜
홍보 마케팅 | 이상훈
종이 | 월드페이퍼
인쇄 | 천광인쇄사
제본 | 광성문화사

발행인 | 임소희
발행처 | 느린걸음
등록일 | 2002년 3월 15일
등록번호 | 제 300-2009-109호
주소 | 서울특별시 종로구 사직로8길 34, 330호
전화 | 02-733-3773
팩스 | 02-734-1976
이메일 | slow-walk@slow-walk.com
블로그 | blog.naver.com/slow_foot
인스타그램 | instagram.com/slow_walk_book

ISBN 978-89-91418-10-3 03810